William Makepeace Thackery

Lovel der Wittwer

Erster Band

William Makepeace Thackery

Lovel der Wittwer
Erster Band

ISBN/EAN: 9783744614672

Hergestellt in Europa, USA, Kanada, Australien, Japan

Cover: Foto ©Andreas Hilbeck / pixelio.de

Weitere Bücher finden Sie auf **www.hansebooks.com**

Lovel der Wittwer.

Von

W. M. Thackeray,

Verfasser von: „A. Pendennis,” „Die Newcomes,” „Die Virginier” u. s. w.

Deutsch

von

A. Kretzschmar.

Erster Band.

Wurzen,
Verlags-Comptoir.
1862.

Lovel der Wittwer.

Erster Band.

Erstes Kapitel.

Der Junggesell von Beak Street.

Wer soll der Held dieser Geschichte sein?

Nicht ich, der ich sie schreibe. Ich bin blos der Chor des Dramas. Ich mache Bemerkungen über die Haltung der einzelnen Charaktere — ich erzähle ihre einfache Geschichte.

Es kommt Liebe und Heirath darin vor, ebenso wie Kummer und getäuschte Hoffnung. Der Schauplatz ist in dem Wohnzimmer und in der Region unterhalb desselben.

Doch nein; es ist leicht möglich, daß Wohnzimmer und Küche im vorliegenden Falle sich in gleicher Ebene befinden. Es handelt sich nicht um die vornehme Gesellschaft, man müßte denn die Wittwe eines Baronets eine Dame aus der vor-

1*

nehmen Gesellschaft nennen, und einige Damen gehören ganz gewiß dazu, während andere eben so gewiß nicht dazu gehören.

Ein Bösewicht kommt, glaube ich, in dem
ganzen Stück nicht vor. Ein abscheuliches, egoistisches, altes Weib ist allerdings da, ferner ein alter
Straßenräuber, ein Individuum, welches die Gut-
müthigkeit anderer Leute brandschatzt, ein Bummler,
der sich in den Speisehäusern von Bath und Chel-
tenham herumtreibt — über welche ich jedoch nichts
Näheres zu erzählen weiß, da ich in meinem ganzen
Leben in keinem Speisehause zu Bath oder Chelten-
ham gewesen bin — ein altes Weib, welches die
Handwerksleute beschwindelt, die Dienstboten tyran-
nisirt und die armen Leute anschnauzt und deßhalb
wohl die Stelle eines Bösewichts vertreten könnte,
wenn sie sich nicht selbst für eine so tugendhafte Frau
hielte, wie jemals eine geboren worden.

Die Heldin der Geschichte ist nicht frei von
Fehlern — ha! das wird für gewisse Leute eine
große Herzenserleichterung sein, denn die guten
Frauen vieler Romanschriftsteller sind bekanntlich
sehr fad und abgeschmackt.

Die Hauptperson der Geschichte wird dem Leser

höchst wahrscheinlich sehr gleichgültig und nichts-
sagend vorkommen. Aber ist wohl mancher respec-
table Mann, den wir zur Zahl unserer Bekannten
rechnen, viel besser, und wissen solche Menschen,
daß sie sind, was sie sind, oder fühlen sie, wenn
sie es wissen, sich deßhalb unglücklich? Weisen die
Mädchen wohl den Heirathsantrag eines solchen
Mannes zurück, wenn er reich ist? Weigern wir
uns, bei ihm zu speisen?

Vorigen Sonntag hörte ich einem in der Kirche
zu; alle anwesenden Frauen weinten und schluchzten
und, o mein Himmel, wie schön predigte er!

Schreiben wir solchen Leuten nicht oft, wenn
sie im Parlamente sitzen, Weisheit und Beredtsamkeit zu? Uebertragen wir ihnen nicht wichtige Be-
fehlshaberstellen bei der Armee? Kannst Du, lieber
Leser, nicht manchen namhaft machen, welcher die
Pairswürde erlangt hat? Ruft Deine Frau nicht
augenblicklich einen herbei, sobald eins ihrer Kinder
krank wird? Lesen wir nicht seine „lieben Gedichte"
oder sogar seine Romane?

Ja, vielleicht wird sogar dieser hier von einem
solchen Menschen gelesen und geschrieben.

Quid rides? Meinst Du vielleicht, ich malte

ein Portrait, welches jeden Morgen im Spiegel vor mir hängt, wenn ich mich rafire? Und was wäre dann weiter dabei? Glaubst Du, ich bildete mir ein, ich hätte nicht ebensogut meine Schwächen wie meine Nebenmenschen?

Es ist allen meinen Freunden sehr wohl bekannt, daß es ein gewisses Gericht giebt, welchem ich nicht widerstehen kann, selbst dann nicht, wenn ich schon zwei Mal so viel zu Mittag gespeis't habe.

Sie, mein Herr, oder Madame, haben auch Ihre Schwächen — Sie haben auch ein gewisses Gericht, dessen Versuchung Sie nicht widerstehen können, und wenn sie es auch nicht selbst wissen, so wissen es ihre Freunde.

Ja, lieber Freund, es steht mit vollem Grunde zu vermuthen, daß Du und ich nicht Leute sind, welche die höchste Intelligenz, den größten Reichthum, die ältesten Ahnen, die vollendetste Tugend und die tadelloseste Schönheit in Gesicht und Gestalt besitzen. Wir sind keine Helden, und eben so wenig Engel, aber eben so wenig sind wir Teufel aus unnennbaren Regionen, schwarze Meuchelmörder, verrätherische Jago's, die mit Erstechen und Vergiften vertraut sind — der Mord ist nicht unser Vergnügen,

Dolche sind nicht unser Spielzeug, Arsenik ist nicht unser tägliches Brod, Lügen sind nicht unsere Conversation, und Fälschung ist nicht unsere gewöhnliche Handschrift.

Nein, wir sind ebensowenig verbrecherische Ungeheuer als auf Erden wandelnde Engel — wenigstens kenne ich einen von uns, der dies nicht ist, wie sich jeden Tag bei ihm zu Hause zeigt, wenn das Messer nicht schneiden will, oder das Hammelfleisch halb gebraten auf den Tisch kommt.

Aber deßwegen sind wir doch nicht ganz und gar verthiert und ruchlos, und wir sehen einige Menschen, die wir als Unsersgleichen betrachten können. Unsere Verse sind nicht so gut wie die Alfred Tennyson's, aber einen Vers für Miß Fanny's Stammbuch können wir allenfalls drechseln; unsere Witze sind nicht allemal von der geistreichsten Art, aber Mary und ihre Mutter lächeln sehr freundlich, wenn Papa seine Geschichte erzählt oder sein Späßchen macht. Wir haben viele Schwächen, aber wir sind keine Schurken, keine Verbrecher.

Eben so wenig war mein Freund Lovel einer. Im Gegentheil er war, als ich seine Bekanntschaft machte, ein so harmloser und gutmüthiger Mensch wie nur je einer gelebt hat. Gegenwärtig bei seiner veränderten Stellung ist er vielleicht ein wenig „fein" — wenigstens werde ich nicht zu seinen besten Tischgesellschaften eingeladen, wie sonst zu sein pflegte, denn jetzt sieht man bei solchen Gelegenheiten kaum einen einzigen Bürgerlichen bei ihm.

Doch halt, ich greife meiner Geschichte vor.

Zu der Zeit, wo diese Erzählung beginnt, sage ich, hatte Lovel seine Fehler — wer von uns hätte dieselbe nicht? Er hatte sein Weib begraben, das ihn, wie allgemein bekannt, unter dem Pantoffel gehabt hatte. Wie viele Männer und Brüder gleichen ihm in dieser Hinsicht!

Er besaß ein schönes Vermögen — ich wollte, ich hätte so viel, obschon es, glaube ich, viele Leute giebt, die noch zehnmal reicher sind als er.

Auch von Ansehen war er ein ziemlich hübscher Mann, obschon, meine schönen Leserinnen, hierbei sehr viel darauf ankommt, ob Sie einem blonden oder einem brünetten Manne den Vorzug geben.

Er besaß ein Landhaus, aber blos in Putney. Sein Geschäft hatte er in der Stadt, und da er ein gastfreier Mann war und drei oder vier Schlafzimmer leer stehen hatte, so waren einige seiner Freunde in Shrublands — so hieß sein Landhaus — stets willkommen, besonders nach Mistreß Lovel's Tode, die zur Zeit ihrer Verheirathung mit meinem Freunde mich ziemlich gern hatte, aber endlich eine große Abneigung gegen mich faßte und mir endlich, wie man zu sagen pflegt, die „kalte Schulter" zeigte.

Ich schloß daraus, daß sie meiner Gesellschaft überdrüssig wäre und begann demzufolge mich rar zu machen. Ich gab vor, beschäftigt zu sein, wenn Fred Lovel mich mit unsicherer Stimme nach Shrublands einlud; ich that als schenkte ich seinen Entschuldigungen Glauben, ging auf seine Vorschläge, mit ihm in Greenwich im Club und so weiter zu speisen, bereitwillig ein und dachte nie daran, die Gleichgültigkeit seines Weibes an ihm heimzusuchen, denn er hatte mir in mancher Verlegenheit als treuer Freund zur Seite gestanden und suchte, wenn wir mit einander speisten, Etwas darin, nur den Wein kommen zu lassen, den ich gern trank, ohne zu fragen was er kostete.

Was seine Frau betraf, so war unsere Abneigung so ziemlich eine gegenseitige. Ich fand in ihr ein mageres, grilliges, egoistisches, eigensinniges, abgeschmacktes Wesen, und was seine Schwiegermutter betraf, welche in Freb's Hause so oft und so lange verweilte, als ihre Tochter sie duldete, so weiß ich ganz bestimmt, daß Niemand von diesem alten Weibe etwas Gutes zu sagen weiß!

Welche Gesellschaft empfand nicht stillen Ingrimm, wenn sie darin erschien! Welcher Handels- oder Geschäftsmann, mit dem sie zu thun hatte, ward nicht übervortheilt!

Ich wünschte von ganzem Herzen, ich hätte eine Geschichte zu erzählen, in welcher eine gute Schwiegermutter vorkommt; aber andererseits ist es auch wieder eine bekannte Sache, daß alle gute Frauen in Romanen sehr schaal und fad sind.

Diese Frau war dies aber ganz bestimmt nicht, sie war nicht blos nicht fad oder schaal, sondern schmeckte ganz entschieden scharf und bitter. Sie hatte eine böse laute Zunge, einen beschränkten Kopf, eine schlimme Gemüthsart, ungeheuer viel Stolz und Anmaßung, einen ausschweifenden Sohn und sehr wenig Geld.

Kann ich von einer Frau wohl mehr sagen als dies? Nicht wahr, meine gute Lady Baker, ich war ein mauvais sujet — ich verleitete Freb zum Rauchen, zum Trinken und zu allerhand verwerflichen „Junggesellenmucken," nicht wahr? Ich, sein alter Freund, der im Laufe von zwanzig Jahren mehr als hundertmal Geld von ihm geborgt, sei keine passende Gesellschaft für Sie und Ihre kostbare Tochter, meinen Sie?

Ach sehen Sie doch einmal an! Ich habe das Geld, welches mir Ihr Schwiegersohn geborgt, stets als ehrlicher Mann wiederbezahlt. Können Sie das auch von sich sagen?

Als Mistreß Lovel das Zeitliche gesegnet hatte, ging ich mit Fred ungenirt nach Greenwich und Blackwall. Nun durfte sein gutes altes Herz sich ungehindert seinem alten Freunde erschließen; nun konnten wir die zweite Flasche Claret trinken, ohne daß der Kaffee gebracht ward, wie zu Mistreß Lovel's Zeiten, die ihn uns schickte, ehe wir nach der zweiten Flasche klingeln konnten; obschon sie und ihre Frau Mutter aus der ersten jede ihre drei Gläser getrunken — drei volle Gläser jede — ich schwöre darauf!

Ja, Madame, damals stand es Ihnen frei, mir verächtlich zu begegnen — jetzt steht es mir frei, und ich mache von der Gelegenheit vollen Gebrauch. Obschon Sie, wie Sie vorgaben, niemals Romane lesen, so wird doch eine Ihrer verwünschten gutmüthigen Freundinnen Sorge tragen, Ihnen diesen in die Hände zu spielen. Hören Sie wohl? Sie müssen jetzt die Bühne betreten, eben so wie ich noch andere Frauen und andere Männer, die mich beleidigt haben, dazu zwingen werde.

Soll man sich vielleicht verächtliche Begegnung gefallen lassen, ohne sich dafür zu rächen? Freundlichkeiten und Wohlthaten werden leicht vergessen, aber Beleidigungen — welcher würdiger Mann behielt nicht diese im Gedächtnisse?

Ehe ich meine Geschichte beginne, erlaube ich mir meine wohlgeneigten Leser zu benachrichtigen, daß, obschon sie ganz wahr, doch kein wahres Wort darin ist. Obschon Lovel lebt und sich wohlbefindet, und Du, lieber Leser, ihm höchst wahrscheinlich mehr als einmal begegnet bist, so wette ich doch, daß es Dir nicht möglich sein würde, mit dem Finger auf ihn zu zeigen. Seine Gattin — denn er ist jetzt nicht mehr Lovel der Wittwer — ist nicht die Dame, welche Du Dir denkst, wenn Du — wie Du jedenfalls hartnäckig thust — sagst: „O, mit dieser Person ist Mistreß Dingskirchen oder Lady Soundso gemeint.“

Nein, lieber Leser, da irrst Du Dich vollständig. Selbst die schwindlerischen Annoncenschmiede kommen jetzt nur selten noch auf den Gedanken, von der abgestandenen Kriegslist Gebrauch zu machen, welche sie früher bewog, Inserate, wie folgendes, einrücken zu lassen:

„Enthüllungen aus der vornehmen Welt. — Die beau monde wird nicht wenig erstaunt sein, in Miß Biggin's nächstens erscheinendem Roman aus der modernen Gesellschaft die Porträts einiger der hervorragendsten Tonangeber derselben zu erkennen."

Oder:

„Wir vermuthen, daß ein gewisses herzogliches Haus sich den Kopf zerbrechen wird, zu errathen, auf welche Weise der unbarmherzige Verfasser der Mysterien der vornehmen Welt gewisse Familiengeheimnisse, von denen man glaubte, sie seien nur den allerhöchsten Mitgliedern der Aristokratie bekannt, erfahren hat, so daß er im Stande gewesen ist, sie auf die schonungsloseste und furchtloseste Weise bloszulegen."

Nein, sage ich; diese albernen Mittel, ein argloses Publikum anzulocken und zu hintergehen, sind nicht solche, von denen wir Gebrauch machen. Wenn

Du, lieber Leser, einmal Dir es zum Vergnügen machen willst, zu versuchen, ob eine gewisse Mütze unter so vielen tausend Köpfen auf einen paßt, so ist es möglich, daß Du zufällig den rechten triffst; der Mützenmacher aber wird eher sterben, ehe er es Dir sagt, ausgenommen natürlich, wenn er einem persönlichen Groll Genugthuung verschaffen oder eine Bosheit an irgend einem Individuum auszuüben hätte, welchem die Möglichkeit benommen ist, ihm wieder einen Hieb zu versetzen.

Dann allerdings wird er kühn hervortreten und sich seines Schlachtopfers bemächtigen — ein Bischof zum Beispiel, oder eine Frau ohne grobe, streitsüchtige männliche Vorwandte, ist am besten — und ihm eine Mütze aufsetzen, eine Mütze, sage ich, mit Ohren, daß alle Welt über den armen Wicht lacht, welcher schaudernd und erröthend glühende Thränen der Wuth und des Verdrusses weint, auf diese Weise zum gemeinsamen Stichblatt der Gesellschaft gemacht zu werden.

Ueberdies speise ich auch jetzt noch sehr oft bei Lovel. Seine Gesellschaft und seine Küche gehören zu den besten in London. Wenn er und seine Frau argwohnten, daß ich ihn und sie abkonterfeite, so

würden sie aufhören, mich einzuladen. Welcher
Mann von edlem Gemüthe würde auch einen solchen
Freund um eines Witzes willen auf's Spiel setzen
oder so thöricht sein, ihn in einem Romane an den
Pranger zu stellen. Jeder, der nur einigermaßen
Weltkenntniß besitzt, wird einen solchen Gedanken als
nicht blos niedrig, sondern auch abgeschmackt sofort
verbannen.

Auch für nächste Woche bin ich auf einen gewissen Tag zu ihm eingeladen — den Tag selbst kann
ich begreiflicherweise nicht angeben, denn dann würde
er mich ertappen und es gäbe natürlich dann keine
Einladungskarten wieder für seinen alten Freund.

Es würde ihm durchaus nicht behagen, wie in
diesem kleinen Romane geschieht, als ein Mann von
nicht sehr starker Willenskraft aufzutreten. Er hält
sich für einen sehr entschlossenen, determinirten Mann.
Er ist rasch in seiner Redeweise, trägt einen grim-
migen Bart, spricht in rauhem Tone mit seinen
Dienern (die ihn mit einem gewissen Gegenstande
von Zobel oder Hermelin vergleichen, in welchen die
Damen im Winter die Hände zu stecken pflegen) und
nimmt seine Frau zuweilen so scharf in's Gebet, daß ich
glaube, sie glaubt, er glaube, Herr im Hause zu sein.

„Elisabeth, liebes Kind, wahrscheinlich meint er A. oder B. oder D." — so ist es mir, als hörte ich Lovel sagen; und sie antwortet:

„Ja, ganz gewiß ist es D., er ist hier zum Sprechen getroffen."

Sie weiß vielleicht, daß ich die Absicht habe, ihren Ehemann in den obigen anspruchslosen Zeilen zu konterfeien, aber sie wird mir ihre Kenntniß nicht verrathen — höchstens vielleicht durch einen kleinen Extraniß oder auch vielleicht durch häufigere Einladungen, oder auch durch einen Blick dieser unergründlichen Augen — himmlische Güte! wenn ich bedenke, daß sie so lange Zeit eine Brille trug und gleichsam einen Deckel darüber legte! — in welche man so tief hineinschauen kann, daß es vergeblich wäre, auch nur bis zur Hälfte ihres Geheimnisses hinabdringen zu wollen.

Als ich ein junger Mann war, hatte ich eine Wohnung in Beak Street, Regent Street (ich habe in Beak Street eben so wenig gewohnt als in Belgrave Square; aber ich sage so, und kein Gentleman wird so unhöflich sein, einem andern zu widersprechen — also ich wohnte in Beak Street, sage ich. Mistreß Prior war der Name meiner Wirthin. Sie hatte

beffere Tage gesehen — es ist dies mit Wirthinnen
sehr oft der Fall.

Ihr Mann — **Wirth** konnte man ihn nicht
nennen, denn seine Frau war Platzcommandantin
— war in glücklicheren Zeiten Capitain oder Lieutenant bei der Miliz gewesen. Später hatte er zu
Diß in Norfolk gelebt, ohne ein Geschäft zu betreiben,
dann in Norwich Castle als Schuldgefangener, dann
zu London in Southampton Buildings als Advo-
katenschreiber, dann im Dienste Ihrer Majestät der
Königin von Portugal als Lieutenant und Zahl-
meister der Bom Retiro Caçadores, dann in Melina
Place, in St. Georges Fields u. s. w. u. s. w.

Ich enthalte mich, nähere Details über eine
Existenz mitzutheilen, welche ein juristischer Biograph
Schritt für Schritt verfolgt hat und die mehr als
ein Mal der Gegenstand gerichtlicher Nachforschungen
durch gewisse Beamte gewesen ist.

Kurz und gut, Prior war zu jener Zeit, nachdem er sich schwimmend aus hundert Schiffbrüchen
gerettet, gleichsam an einem Lichterschiffe emporge-
klettert, oder er war mit andern Worten Schreiber
eines Kohlenhändlers am Themseufer.

„Sie verstehen, Sir," pflegte er zu sagen, „meine

Anstellung ist blos eine temporaire — Kriegsglück, Kriegsglück!"

Er verstand in einer Menge fremder Sprachen zu radebrechen. Seine Person war verschwenderisch mit Tabak parfümirt. Bärtige Individuen, die in der benachbarten Regent Street die schmutzigen Hufe abstrichen, sprachen zuweilen des Abends vor und fragten nach dem „Capitain." Er war in vielen benachbarten Billardstuben bekannt und stand, wie mir vorkam, in keiner sonderlichen Achtung.

Du wirst, lieber Leser, von Capitain Prior nicht genug zu sehen bekommen, um seiner und seines gemeinen Prahlens oder auch seiner wiederholten Quälereien wegen kleiner Gelddarlehen überdrüssig zu werden oder um seinen Verlust zu beklagen, der, wie Du gefälligst annehmen wirst, geschehen ist, ehe der Vorhang unseres gegenwärtigen Dramas aufgeht.

Ich glaube, zwei Menschen in der Welt betrauerten ihn — seine Frau, die noch das Andenken an den schönen jungen Mann liebte, der sich um sie beworben und ihr Herz gewonnen, und seine Tochter Elisabeth, welche er während der letzten wenigen Monate seines Lebens und bis zu seiner tödt-

lichen Krankheit jeden Abend nach ihrer „Akademie,"
wie er es nannte, geleitete.

Du hast Recht. Elisabeth ist die Hauptperson
in dieser Geschichte. Als ich sie kennen lernte, war
sie ein hageres Mädchen mit einem Gesichte voll
Sommersprossen, in einem schlappen, kurzen Kleide
und mit röthlichem Haar. Sie pflegte Bücher von
mir zu borgen und auf dem Piano ihres Miethsman-
nes in der ersten Etage zu spielen, wenn derselbe
nicht zu Hause war. Er hieß Slumley und war
Redacteur des „Elegant," eines damals erscheinenden
Journals, Verfasser einer großen Anzahl volksthüm-
licher Lieder und Freund mehrerer Musikalienhändler.
Durch seine Verwendung geschah es, daß Elisabeth
in die von der Familie sogenannte Akademie aufgenommen ward.

Capitain Prior pflegte also seine Tochter nach
der Akademie zu führen, aber sehr oft mußte sie auf
dem Heimwege i h n führen. Da er zwei, drei, ja
zuweilen sogar fünf Stunden warten mußte, während
Elisabeth ihren Lectionen oblag, so suchte er ganz
natürlich in einem benachbarten Wirthshause Schutz
vor der Kälte. Jeden Freitag ward Elisabeth und
einigen andern jungen Damen wegen ihres guten

2 *

Betragens und Fleißes in dieser Akademie eine Prä-
mie zuerkannt, die aus einer goldenen Medaille, ja
ich glaube zuweilen aus fünfundzwanzig silbernen
Medaillen bestand. Elisabeth gab ihre goldene Medaille ihrer Mutter und behielt blos fünf Schilling
für sich selbst, wovon das arme Kind sich Handschuhe,
Schuhe und einige kleine Putzgegenstände kaufte.

Ein oder zwei Mal gelang es dem Capitain,
dieses Goldstück aufzufangen, und ich glaube, er
traktirte dann einige seiner schnurrbärtigen Freunde,
die Pflastertreter von Regent Street. Er war ein
freigebiger Kauz, wenn er irgend Jemandes Geld in
der Tasche hatte.

In Folge gewisser Differenzen in Bezug auf die
Ausgleichung von Rechnungen veruneinigte er sich
mit seinem allerletzten Brotherrn, dem Kohlenhändler.
Elisabeth besaß, nachdem sie ein oder zwei Mal seinen
dringenden Bitten nachgegeben und seinen feierlichen
Versprechungen, wiederzubezahlen, Glauben zu schenken gesucht, so viel Charakterstärke, ihm das Pfund,
welches er von ihr haben wollte, zu verweigern.
Ihre fünf Schillinge, ihr armseliges kleines Taschengeld, die Verkörperung ihres Wohlthätigkeitssinnes
und ihrer Freigebigkeit gegen ihre kleinen Brüder

und Schwestern, der Fonds für ihre kleinen Toilette-
zierrathen, ja Bedürfnisse, für jene sauber gestickten
Handschuhe, jene oft gestopften Strümpfe, jene armen
Stiefelchen, die so manche ermüdende Meile nach
Mitternacht wandern mußten; für jene kleinen Sie-
bensachen in Gestalt einer Broche oder eines Arm-
bandes, womit das arme Kind ihr schlichtes Gewand
oder den Aermel schmückte — die armseligen fünf
Schillinge, wovon Mary zuweilen ein Paar Schuhe
oder Tommy eine Flanelljacke, und der kleine Bill
einen Wagen und ein Pferd bekam — diese elende
Summe, dieses Scherflein, welches Elisabeth unter
so viele Arme vertheilte, ward ihr, fürchte ich, von
ihrem Vater dennoch zuweilen abgeschwaßt.

Ich stellte sie deswegen zur Rede und sie konnte
es nicht leugnen. Ich schwur mit einem furchtbaren
Eid, wenn ich jemals wieder Etwas hörte, daß sie
ihrem Vater Geld gegeben, so würde ich ausziehen
und den Kindern weder Näschereien, noch Kreisel,
noch Sixpence mehr schenken, ebensowenig als Marmelade oder Pfeffernüsse, oder Bilderbogen, oder
Tuschkasten, oder die abgesetzten Kleider, aus welchen
kleinere für Tommy und den kleinen Bill wurden,
für welche Mistreß Prior oder Elisabeth — Bessy, wie

wir sie nannten — und die kleinen Dienstmädchen mit der größten Genialität und Erfindungsgabe näheten, schnitten, änderten, plätteten, stopften und mangelten.

Und so ging Bessy in einem abgetragenen Shawl, einem verschossenen Hute und einem armseligen, schlappigen Kleide, an dem der Schmutz und Staub aller Jahreszeiten und jeder Witterung die Stelle der Falbeln vertrat, in ihre „Akademie", während einige andere junge Damen, Mitschülerinnen von ihr, ihre goldenen Medaillen weit vortheilhafter anzulegen wußten.

Miß Delamere mit ihren achtzehn Schillingen wöchentlich — es war nämlich nur ein Witz von mir, als ich sagte, es seien silberne Medaillen — hatte zwanzig neue Hüte, seidene und atlassene Kleider für alle Jahreszeiten, Federn in Hülle und Fülle, Müffe und Kragen von Schwanendaun, reizende Taschentücher und Nippsachen und manche eine halbe Krone kostende Flasche Compot oder Flasche Xeres oder sonst Etwas für eine arme nothleidende Schülerin.

Miß Montanville, die genau dasselbe Salair bekam, nämlich ungefähr fünfzig Pfund jährlich, besaß ein elegantes kleines Haus in Regent's Park, hielt sich einen Einspänner mit einem Pferd, dessen Geschirr über und über mit Messing beschlagen war, und einen Jockey mit einer ungeheuer breiten Hut=treffe, dem aber nichtsdestoweniger auf einer benach=barten Droschkenstation mit großer Verachtung be=gegnet ward. Außerdem hielt sie sich eine Tante oder eine Mutter, ich weiß nicht recht was — ich hoffe, es war blos eine Tante — die stets sehr anständig ge=kleidet war und gewissermaßen ihre Escorte bildete. Sie selbst hatte Armbänder, Brochen und Sammet=pelze von der kostbarsten Art.

Miß Montanville war aber eine gute Wirthin und verstand jedenfalls zu sparen. Ihr fiel es nie=mals ein, einer armen, nothleidenden Freundin bei=zuspringen oder einer ohnmächtigen Schwester eine Rinde Brot oder ein Glas Wein zu geben. Zehn Schillinge gab sie wöchentlich ihrem Vater, dessen Name Boskinson war und der, wie man sagte, die Stelle des Küsters an einer Kapelle in Paddington bekleidete. Besuche erhielt er aber niemals von ihr — nicht einmal als er im Spital lag, wo er so krank war, und obschon sie einmal Miß Wilder dreizehn Pfund lieh, so ließ sie dieselbe doch später auf ihre Schuldverschreibung hin verhaften und auspfänden,

so daß die ganze Akademie einen Schrei der Entrü-
stung erhob.

Dieser Miß Montanville passirte endlich ein Un-
fall, den betrauern mag, wer Lust hat. Am Abend
des 26. December im Jahre achtzehnhundert und so
und so viel, als die Directoren der Akademie ihre
alljährliche große Weihnachtsvorstellung gaben —
ich wollte sagen, als das Examen der Schüler in Gegenwart ihrer zahlreichen Freunde abgehalten ward
— fiel die Montanville, die zufällig mit zugegen
war, aber diesmal nicht in ihrem Einspänner, sondern in einem von Tauben gezogenen Wolkenwagen,
von einem Regenbogen herunter und durch das Dach
des Drehaltars der Amaranthenkönigin, wobei sie
Elisabeth, die an diesem Altare stand und in einem
hellblauen, mit Flittern besetzten Kleide einen Stab
schwang und einige alberne Verse declamirte, die ein
an der Akademie angestellter Professor der Literatur
für sie gedichtet, beinahe beschädigt hätte.

Was die Montanville betrifft, so lasse man sie
kreischend in die Versenkung hinabstürzen, die Beine
brechen, nach Hause transportiren und gänzlich von
unserer Bühne streichen. Sie fand die Sprache nie

wieder. Ihre Stimme war so heiser wie die eines Fischweibes.

Ist es möglich, daß jene ungeheuer dicke, alte Logenschließerin im —theater, die zu den Damen auf den ersten Rangplätzen hinhumpelt und ihnen jenes entsetzliche Fußbänkchen bietet, worüber alle Welt stolpert, und einen unbeholfenen Knix macht und so verschmitzt und scharf ausschauet, als ob sie in der prachtvoll gekleideten Dame, die in die Loge tritt, eine alte Bekannte wiedererkennte — ist es möglich, fragen wir, daß dieses alte Weib die einst so flotte Emily Montanville ist?

Man hat mir gesagt, es gäbe in den englischen Theatern keine Logenschließerinnen, die aus den vornehmen Ständen stammten. Es ist dies, wie ich zugebe, ein Beweis meiner vollendeten Fürsorge und Schlauheit, die Individuen, welche die Charaktere zu dieser vorliegenden Erzählung geliefert haben, vor zudringlicher Neugier zu schützen. —

Die Montanville ist keine Logenschließerin. Sie hält vielleicht unter einem andern Namen einen Spielwaarenladen in der Burlington Arcade, dieses Geheimniß aber soll mir selbst die Folter nicht auspressen.

Das Leben hat seine Licht- und seine Schatten-
seiten und du hast die deinigen auch gehabt, du altes
humpelndes Weib. Du bist nicht die Montanville.
Du willst deiner Wege gehen? Gut, hier hast du
einen Schilling — (Ich danke, Sir.) Nimm dieses
verwünschte Fußbänkchen mit und laß dich nicht wieder sehen!

Die feenhafte Amaranthe glich einer gewissen
theuern jungen Dame, von welcher wir in unserer
frühen Jugend gelesen haben. Bis um zwölf Uhr
leitet sie, in funkelnde Gewänder gekleidet, mit dem
Prinzen den Tanz. Beim Abendessen nimmt sie
ihren Platz neben des Prinzen königlichem Vater (der
noch jetzt am Leben ist und dann und wann regiert,
weßhalb wir seinen verehrten Namen nicht nennen
wollen). Sie thut als tränke sie aus einem Becher
von vergoldeter Pappe und als äße sie von dem ge-
waltigen Pudding. Sie lächelt, wenn der gute alte
zornmüthige Monarch den Premierminister und seine
Köche durchprügelt; sie flammt förmlich in ihrem
Glanze; sie strahlt von tausend Juwelen, in Ver-
gleich mit welchen der Koo-i-nohr ein armseliger,
glanzloser kleiner Kiesel ist. Sie verschwindet in
einem Wagen (wie er dem Lord Mayor noch niemals

beschieden gewesen) und um Mitternacht, wer ist dann jenes junge Mädchen, welches in einem abgetragenen Hute, einem Baumwollenshawl und einem schlappen, mit einigen Winterfalbeln besetzten Kleide durch die nassen Straßen heimwärts trippelt?

Unsere Aschenbrödel ist zeitig des Morgens schon wieder auf. Sie verrichtet keinen kleinen Theil der Hausarbeit; sie kleidet ihre Geschwister an; sie bereitet das Frühstück für Papa. An den Tagen, wo sie nicht Morgenlectionen in ihrer Akademie zu besuchen hat, hilft sie in der Küche. Der Himmel stehe uns bei! Oft hat sie mir mein Mittagsmahl gebracht, wenn ich zu Hause dinirt habe, und gesteht, daß sie jene köstliche Hammelbrühe bereitet, wenn ich mich erkältet hatte.

Fremdländische Herren kommen in's Haus — Leute vom Fache — um mit Slumley in der ersten Etage zu sprechen; verbannte Capitaine aus Spanien und Portugal, Kriegskameraden ihres Vaters.

Es ist wunderbar, wie sie sich den Accent dieser Leute zu eigen gemacht und wie sie obendrein Französisch und Italienisch aufgeschnappt hat.

Zuweilen spielte sie, wie ich schon gesagt, in Mr. Slumley's Zimmer auf dem Piano; es dauerte aber nicht lange, so enthielt sie sich dessen und kam ihm überhaupt gar nicht mehr zu nahe. Ich glaube, er war ein wenig gewissenlos.

Sein Journal pflegte schauerliche Angriffe auf den Ruf gewisser Persönlichkeiten zu machen, und man fand die Leute vom Schauspiel und von der Oper in dem „Eleganten" auf höchst seltsame Weise gelobt oder heruntergemacht.

Ich entsinne mich, daß ich ihm einige Jahre darauf in der Vorhalle der Oper begegnete. Er war auf sehr lärmsüchtiger Laune, und als er den Wagen einer gewissen Dame rufen hörte, rief er in außerordentlich starken Ausdrücken, die hier nicht ganz genau wiedergegeben zu werden brauchen:

„Sehen Sie einmal jenes Weib an! Verwünscht wäre sie! Ich habe ihr Glück gemacht! Ich verschaffte ihr ein Engagement, als ihre Familie dem Hungertode nahe war. Haben Sie sie angesehen? Für mich hatte sie nicht einmal einen Blick!"

Freilich war Mr. Slumley in diesem Augenblick auch durchaus kein angenehmer Gegenstand für irgendwelches Auge.

Es fiel mir nun ein, daß, als wir mit einander in Beak Street wohnten, ein Zwist mit diesem

Manne vorgekommen war. Wenn eine Schwierig-
keit vorgelegen hatte, so ward sie ambulando gelöf't.
Er räumte die Wohnung und ließ ein ausgezeichne-
tes, werthvolles Piano als Pfand für eine bedeutende
Rechnung zurück, die er an Mistreß Prior schuldete;
aber kaum war er fort, so ward das Instrument
von dem Musikalienhändler, dem Eigenthümer desselben, weggeholt.

Wir wollen uns jedoch in Bezug auf Mr. Slumley's schätzbare Biographie so vorsichtig und behut-
sam als möglich aussprechen. Es wäre eine Belei-
digung der Natur, wenn wir sagen wollten, es gäbe
unehrliche und unehrenhafte Leute, welche in Zeitungen schreiben.

Nichts, theurer Freund, entgeht deinem Scharf-
blick. Wenn in deiner Gesellschaft ein Witz gemacht
wird, so wirfst du dich sofort darüber her und dein
Lächeln belohnt den Witzbold, der dich amüsirt.

So merktest Du auch sogleich, während ich von
Elisabeth und ihrer Akademie sprach, daß ich das
Theater meinte, wo das arme Kind für eine Guinee
oder fünfundzwanzig Schillinge die Woche tanzte.
Ja, sie mußte eine ziemliche Geschicklichkeit besitzen,
da sie es bis zum Viertelhundert gebracht hatte, denn

sie war damals nicht hübsch, sondern blos ein plum-
per, fast rothhaariger Backfisch von einem Mädchen
mit großen Augen. Delphin, der Theaterdirector,
hatte auch keine große Meinung von ihr, und sie de-
filirte vor ihm in seinem Regiment von Seenymphen,
oder Bayaderen, oder Elfen, oder Masurkatänzerin-
nen (mit ihren flatternden Lanzen und kleinen schar-
lachrothen Stiefeln) und ward kaum mehr beachtet
als der Gemeine Jones, der in seiner Compagnie
unterm Gewehr steht, wenn Seine königliche Hoheit
der Feldmarschall vorübergaloppirt.

Es gab keine dramatischen Triumphe für Miß
Bellenden — so hieß sie beim Theater. Keine Blu-
menbouquets wurden ihr zu Füßen geworfen, kein
listiger Mephistopheles — der Emissar eines draußen
herumstreichenden Doctor Faust — bestach ihre Duenna
oder brachte ihr einen Juwelenschmuck. Hätte es einen
solchen Bewunderer für sie gegeben, so wäre Delphin
nicht nur nicht entrüstet darüber gewesen, sondern
hätte wahrscheinlich ihr Salair erhöht. Da es einmal nicht anders war, so respectirte er, obschon er,
wie ich fürchte, selbst ein Mann von lockeren Sitten
war, diesen bessern Zustand.

„Diese Bellenden ist ein gutes, rechtschaffenes

Mädchen," sagte er zu dem Verfasser dieser Erzählung. „Sie arbeitet sehr fleißig und giebt, was sie verdient, ihrer Familie. Ihr Vater ist ein schüchterner alter Kauz. Es soll eine sehr gute Familie sein, höre ich."

Und er geht auf einen andern der unzähligen Gegenstände über, welche einen Theaterdirector beschäftigen.

Aber, wird man fragen, warum macht eine arme Logiswirthin ein so gewaltiges Geheimniß daraus, daß sie eine Tochter hat, welche damit, daß sie in einem Theater tanzt, eine redlich erworbene Guinee verdient? Warum besteht sie so hartnäckig darauf, das Theater eine Akademie zu nennen? Warum sprach Mistreß Prior selbst gegen mich so, gegen mich, der ich doch wußte, was das Wahre an der Sache war und gegen den Elisabeth selbst kein Geheimniß aus ihrem Berufe machte?

Es giebt Handlungen und Ereignisse im Leben, über welche die verschämte Armuth oft einen Schleier wirft, der sich nicht tadeln läßt. Wir können Alle, wenn wir sonst Lust dazu haben, diese armselige dünne Hülle durchschauen. Oft steckt durchaus keine Schande dahinter verborgen — weiter Nichts als leere

Schüsseln, abgetragene Kleider und andere fadenscheinige Beweise von Mangel und Kälte.

Und wer wäre auch verpflichtet, dem Publikum
seine Lumpen zu zeigen und seinen Hunger auf der
Straße auszuschreien?

Damals (später hat ihr Charakter sich nicht in
so liebenswürdiger Weise weiter entwickelt) war Mistreß Prior äußerlich ganz respektabel und dennoch,
wie ich gesagt habe, ging mein Vorrath an Thee und
Zucker ungemein schnell zu Ende, meine Wein- und
Rumflaschen liefen alle aus, bis ich sie endlich durch
ein Patentschloß vor der Einwirkung der Luft sicher
stellte — mein Himbeercrême, den ich leidenschaftlich
gern aß, ward, wenn ich ihn nur einige Stunden
auf dem Tische stehen ließ, allemal von der Katze
oder jenem wunderbaren kleinen Wesen gefressen,
welches so flink und doch so geduldig, so freundlich,
so schmutzig, so gefällig ist und mit dem Namen
eines „Mädchen für Alles" bezeichnet wird.

War es wirklich das Mädchen, was mir meinen
Thee und Zucker stahl? Ich habe die Gazza ladra
gesehen und weiß, daß arme kleine Mädchen zuweilen auf höchst ungerechte Weise beschuldigt werden,
und überdies gestehe ich, daß ich mir in diesem mich

persönlich betreffenden Falle weiter nicht viel daraus machte, wer der wirkliche Verbrecher war. Wenn das Jahr um ist, so ist ein lediger Mann wegen dieser häuslichen Steuer, die man ihm abnimmt, nicht viel ärmer.

Eines Sonntags Abends, als ich wegen eines bösen Schnupfens zu Hause bleiben mußte und jene Hammelbrühe schlürfte, welche Elisabeth so gut zu bereiten verstand und die sie mir gebracht, bat ich sie, aus dem Schranke, zu welchem ich ihr den Schlüssel gab, eine gewisse Rumflasche zu holen.

Sie sah mein Gesicht, als ich sie ansah — der Schmerz, der sich darin malte, war nicht zu verkennen. Es war fast kein Tropfen Rum mehr da — er war alle ausgelaufen — und es war Sonntag und an diesem Abende kein guter Rum in Kaufläden zu bekommen.

Elisabeth, sage ich, sah meinen Schmerz. Sie setzte die Flasche hin und weinte; anfangs suchte sie sich zu bezwingen, aber endlich brach sie in lautes Schluchzen aus.

„Mein gutes, liebes Kind," sagte ich, ihre Hand ergreifend, „Sie glauben doch nicht, daß ich Sie im Verdachte habe?"

„Nein — nein!" rief sie, indem sie sich mit ihrer großen Hand über die Augen fuhr, „nein, nein; aber ich sah es, als Sie und Mr. Warrington neulich davon getrunken hatten. O ich bitte Sie, lassen Sie ein Pattingschloß an den Schrank machen."

„Sie meinen wohl ein Patentschloß?" bemerkte ich. „Es ist sehr sonderbar, daß Sie, die Sie französische und italienische Worte so gut aussprechen gelernt haben, im Englischen solche seltsame Fehler machen. Ihre Mutter spricht doch ziemlich gut."

„Diese ist auch aus vornehmer Familie. Sie mußte nicht erst zu einer Putzmacherin in die Lehre gehen und ward dann auch nicht unter die wilden Mädchen geschickt an jenem — o, an jenem Orte!" rief Bessy mit einem gewissen Grade von Verzweiflung und die Faust ballend.

Hier begannen die Glocken von St. Beak munter und fröhlich zum Abendgottesdienste zu läuten. Ich hörte, wie Mistreß Priors heisere Stimme aus den untern Regionen „Elisabeth!" heraufrief.

Und das arme Kind ging fort in die Kirche, in welcher sie und ihre Mutter keinen Sonntag fehlten, und ich glaube, ich schlief ohne den Grog, den ich mir zu machen beabsichtigt, eben so gut.

Als Slumley ausgezogen war, kam Miſtreß Prior eines Tages mit etwas verlegener Miene zu mir und wünſchte zu wiſſen, ob ich Etwas dagegen hätte, wenn Signora Bentivoglio, die Opern-Sängerin, die erſte Etage bezöge.

Dies war in der That zu ſtark! Wie ſollte ich arbeiten, wenn dieſes Weib den ganzen Tag unter mir gröhlte und Roulaben und Paſſagen einübte!

Nachdem ich die Priors bewogen, eine ſo gute Abmietherin fortzuſchicken, konnte ich mich indeſſen nicht wohl weigern, ihnen noch ein wenig mehr Geld zu leihen, und Prior beſtand darauf, mir einen neuen ſchöngeſchriebenen Wechſel auf einen Betrag auszuſtellen, der beinahe noch einmal ſo groß war als der vorige, für deſſen Bezahlung er aber ſeine Ehre als Offizier und Ehrenmann verbürgte.

Wie viele Jahre ſind das wohl nun her? — Dreizehn oder vierzehn oder zwanzig? Gleichviel. Meine ſchöne Eliſabeth, ich glaube, wenn Du jetzt die Unterſchrift Deines armen alten Vaters ſäheſt, ſo würdeſt Du ſie bezahlen. Ich ſtieß neulich darauf, als ich ein altes Käſtchen öffnete, welches ſeit fünf-zehn Jahren verſchloſſen dageſtanden. Das Papier lag darin nebſt einigen Briefen — gleichviel von

3 *

wem geschrieben — und einem alten Handschuh, auf
welchen ich einen abgeschmackten Werth zu legen
pflegte, und jener smaragdgrünen Weste, welche die
gute alte Mistreß Macmanus mir gab und die ich
einmal auf dem Balle des Lord Lieutenants im
Phönix Park zu Dublin trug, wo ich mit ihr tanzte!

— Mein Gott! diese Weste vermöchte jetzt meine
Taille ebensowenig zu umspannen, als die des Ko-
losses von Rhodus.   Wie wir doch manchen Dingen
entwachsen!

Da ich dieses Papier über zusammen dreiund-
vierzig Pfund und so und so viel Schilling — die
erste Hälfte von dreiundzwanzig Pfund 2c. ward von
mir vorgestreckt, um eine Execution abzufertigen —
niemals präsentirte, da ich die Bezahlung desselben
ebensowenig erwartete, als daß ich jemals Lord Mayor
von London werden würde — unter diesen Umständen, sage ich, war es ein wenig hart, daß Mistreß
Prior an ihren Bruder schrieb — sie schreibt einen
ganz famosen Brief — die Vorsehung segnete, die
ihm ein reichliches Einkommen verliehen, ihn in ihr
Gebet einzuschließen versprach, damit er sein schönes
Einkommen möglichst lange genösse und ihm mit-
theilte, daß ein hartnäckiger Gläubiger, den sie nicht

nennen wolle — damit meinte sie mich — welcher den Capitain Prior in seiner Gewalt habe — als ob ich, obschon ich im Besitze jenes Geschreibsels war, gewußt hätte, was ich damit anfangen sollte — welcher ein am dritten Juli fälliges Papier auf 43 Lst. 14 Sh. 4 P. in Händen habe und unfehlbar die ganze Familie in's Verderben stürzen würde, wenn nicht wenigstens ein Theil des Geldes bezahlt würde.

Als ich in mein altes Colleg kam und bei Sargent in Boniface Lodge vorsprach, begegnete er mir so höflich, als ob ich kaum ausstudirt hätte, sprach in dem Saale, wo ich natürlich an dem Tische der Collegiaten speis'te, kaum ein Wort mit mir und lud mich während der ganzen Zeit meines Verweilens zu einer einzigen von Mistreß Sargent's verwünsch- ten Theegesellschaften ein.

Dieser Mann war aber gerade Der gewesen, auf dessen Bitte ich meine Wohnung bei Prior's genommen. Er sprach eines Tages bei Tische mit mir darüber, stotterte hm! und ha! erröthete, schwatzte in seiner aufgeblasen pathetischen Weise ein Langes und Breites von einer unglücklichen Schwe- ster, die er in London habe — erzählte, sie habe sich sehr jung und zwar unglücklich verheirathet — ihr Mann sei der Capitain Prior, Ritter des portugiesischen doppelhälsigen Schwanenordens, ein sehr ausgezeichneter Offizier aber unkluger Speculant. Sie hätten eine sehr vortheilhaft gelegene Wohnung in der Mitte von London — ruhig, obschon in der Nähe der Clubs — wenn ich krank wäre — ich kränkle fast fortwährend — so würde Mistreß Prior, seine Schwester, mich warten und pflegen wie eine Mutter.

Darauf hin ging ich zu Prior's und miethete das Zimmer.

Angelockt ward ich durch einige Kinder. Amelia Jane — das vorhin erwähnte schmutzige Mädchen für Alles — zerrte einen Wagen, in welchem ein kleines schmutziges Kinderpaar saß; ein Drittes marschirte daneben her und trug ein Viertes, welches beinahe eben so groß war als jenes.

Diese kleinen Leute lenkten, nachdem sie die gewaltige Fluth von Regent Street durchschwommen, in den stillen Bach von Beak Street ein, gerade als ich zufällig ihnen folgte. Und die Thür, an welcher die kleine Carawane Halt machte — dieselbe Thür, welche ich suchte — ward von Elisabeth geöffnet,

die damals eben erst die Schwelle der Kindheit über-
schritten hatte und welcher das rothbraune Haar in
die großen ernsten Augen herabfiel.

Der Anblick dieser kleinen Leute, welcher Viele
abgeschreckt haben würde, zog mich an. Ich stehe
allein in der Welt. Ich bin vielleicht einmal von
einer gewissen Person übel behandelt worden, doch
gehört dies weiter nicht hierher. Wenn ich selbst
Kinder zu erziehen gehabt hätte, wäre ich, glaube
ich, gut gegen sie gewesen.

In Prior erkannte ich sofort einen furchtbar,
gemeinen Wicht und in seiner Frau eine habgierige
Intriguantin. Die Kinder aber amüsirten mich und
ich nahm die Wohnung und fand Vergnügen daran,
des Morgens über meinem Kopfe das Getrappel ihrer
kleinen Füße zu hören.

Die Person, welche ich meine, hat mehrere
Kinder — ihr Gatte ist Richter in Westindien. Allons!
Nun wißt Ihr, wie es kam, daß ich bei Mistreß
Prior wohnte.

Obschon ich jetzt ein ruhiger, solider, unverbrüchlicher alter Junggeselle bin (ich werde mich,
wenn Du es erlaubst, lieber Leser, in dieser Geschichte
so nennen, und es giebt Jemand in weiter — weiter

Ferne, welcher weiß, daß ich niemals einen andern
Titel annehmen werde) — so war ich doch früher ein
ziemlich munterer junger Kauz. Ich war kein
abgesagter Feind der Freuden der Jugend. Ich
studirte sogar Quadrillen, um mit ihr während der
langen Ferien zu tanzen, die ich bei meinem jungen
Freunde, dem Lord Viscount Poldoody in Dublin
zubrachte — doch still, still, Du thörichtes Herz.

Vielleicht wendete ich meine Zeit, nachdem ich
mein Examen gemacht, nicht recht zweckmäßig an.
Vielleicht las ich zu viel Romane, beschäftigte mich
zu sehr mit eleganter Literatur — so war unser
beliebter Ausdruck — und sprach zu oft in der
„Union", wo ich mich eines beträchtlichen Rufes
erfreute.

Diese schönen Worte verschafften mir aber keine
Universitätsprämie — ich verfehlte mein Stipendium
— fiel dann bei meinen Verwandten so zu sagen in
Ungnade, besaß aber ein kleines unabhängiges Einkommen, welches ich durch Unterrichtertheilen und
Vorbereiten der Studenten für's erste Examen zu
vermehren suchte. Endlich, als ein Verwandter starb
und mir ein fernerweites kleines Einkommen hinter-

ließ, ging ich von der Universität ab und nahm meinen Wohnsitz in London.

Während meines dritten Studienjahres kam ein junger Herr auf die Universität, welcher einer der wenigen zu den wohlhabenden Ständen gehörigen Pensionäre unserer Gesellschaft war. Seine Popularität ward bald sehr groß. Er war ein freundlicher, einfacher Jüngling, den man, glaube ich, liebgewonnen haben würde, auch wenn er nicht reicher gewesen wäre als wir Andern. So viel aber ist gewiß, daß Schmeichelei, Habsucht und Anbetung des Mammons Laster sind, welche von jungen Knaben eben so geübt werden wie von alten, und ein reicher Jüngling auf Schule oder Universität hat seine Anhänger, Schmarotzer und kleinen Höfe, gerade so wie irgend ein bejahrter Millionär in Pall Mall, der sich in seinem Club umschaut, um zu sehen, wen er mit nach Hause zu Tische nehmen soll, während demüthige Tellerlecker ängstlich warten und bei sich selbst denken: „Ach wird er diesmal mich mitnehmen? Oder wird er wieder jenen abscheulichen Speichellecker einladen?"

Ja, die Geschichte von Schmarotzern und Schmeichlern ist eine sehr alte. Mein guter, lieber

Leser; es fällt mir keinen Augenblick ein, sagen zu
wollen, daß Du einer je gewesen seiest, und ich
glaube, es war von uns sehr niedrig und gemein,
an einem Menschen hauptsächlich seines Geldes wegen
Gefallen zu finden.

„Ich weiß," pflegte Tom Lovel zu sagen, „ich
weiß, daß diese Leutchen mich besuchen, weil ich ein
bedeutendes Taschengeld habe, weil mein Vater mir
trefflichen Wein schickt und ich gute Diners gebe.
Darüber täusche ich mich nicht. Aber wenigstens
ist es angenehmer, zu mir zu kommen und ein gutes
Diner zu haben und guten Wein zu trinken, als zu
Jack Highson's langweiligem Thee oder zu Red
Roper's abscheulichem Oxbridge Portwein zu gehen."

Und so gebe ich auch sofort zu, daß Lovel's
Gesellschaften wirklich weit angenehmer waren, als
die der meisten andern Universitätsgenossen. Vielleicht
machte die gute Qualität der Küche, dadurch, daß
sie die Gäste erfreuete, dieselben auch angenehmer.
Ein einfaches Mittagsessen auf zinnernem Teller ist
ganz gut und ich kann mich damit recht wohl begnü-
gen; ein Diner mit Fisch von London aber, mit
Wildpret und zwei oder drei netten Nebengerichten
ist besser, und auf der ganzen Universität gab es

keinen bessern Koch, als unsern im St. Bonifaz-
Stift, und wir hatten damals einen Appetit und
eine Verdauung, welche das gute Diner doppelt gut
machte.

Zwischen mir und dem jungen Lovel entwickelte
sich eine Freundschaft, welche, wie ich hoffe, selbst
die Veröffentlichung dieser Geschichte nicht vermindern
wird.

Es giebt eine Periode, unmittelbar nachdem der
Student sein Examen gemacht hat, wo er oft in
mancherlei Verlegenheit geräth. Die Gewerbsleute
verlangen ungestüm und dringend die Bezahlung
ihrer Rechnungen. Jene Kupferstiche, die wir calidi
juventa bestellten, jene Hemdknöpfe und Busennadeln,
welche die Juweliere uns durchaus in unsern arglosen
Busen steckten, jene schönen Röcke, die wir für unsere
Bücher eben so wie für uns selbst machen ließen —
alle diese Gegenstände müssen von dem Ausstudirten
bezahlt werden.

Da mein Vater, welcher damals noch lebte, sich
weigerte, diese Schuldforderungen auszugleichen, und
zwar aus dem — wie ich gestehe — ganz gerechten
Grunde, daß mein Taschengeld ein sehr reichliches
gewesen und daß meine Stiefschwestern in Folge

meiner Verschwendung nicht verkürzt werden dürften,
so wäre ich sehr ernsthaft in's Gedränge gekommen,
ja hätte vielleicht einen längern Schuldarrest aus-
halten müssen, wenn nicht Lovel auf die Gefahr
hin, relegirt zu werden, nach London zu seiner
Mutter — die damals ganz besondere Gründe hatte,
sehr freundlich mit ihrem Sohne zu sein — geeilt
wäre, einen Extrazuschuß von ihr erlangt und den-
selben mir in das scheußliche Hotel gebracht hätte,
wo ich damals logirte. Die Thränen standen ihm
in den gutmüthigen Augen; er drückte mir hundert
Mal die Hand, während er mir die Banknoten in
den Schooß warf, und der Studienmeister — Sargent
war damals blos Studienmeister — der ihn wegen
seines Vergehens gegen die Universitätsdisciplin hätte
denunciren sollen, wischte sich selbst eine Thräne aus
dem Auge, als ich ihm mit rührender Beredtsamkeit
erzählte, was geschehen war, und ersäufte das
Andenken an die Uebertretung der Universitätsgesetze
in einem ganz besonders guten 1811er, von welchem
wir an diesem Abende auf seinem Zimmer eine
bedeutende Quantität zu uns nahmen.

Durch Fleiß war ich so glücklich, Lovel nach
und nach wiederzubezahlen. Ich gab Unterricht,

wie ich schon oben bemerkte; ich suchte durch literarische Arbeiten Etwas zu verdienen; ich ward Mitarbeiter an einem Journal und gab mich — ich schäme mich fast es zu sagen — dem Publikum gegenüber für einen tüchtigen klassischen Gelehrten aus. —

Man hielt mich nicht für um so weniger gelehrt, als ich mich nach dem Tode meines Vaters im Besitze eines kleinen unabhängigen Einkommens sah, und meine Uebersetzungen aus dem Griechischen, meine Gedichte nach Beta und meine Artikel in dem Journale, dessen Miteigenthümer ich mehrere Jahre lang war, blieben zu ihrer Zeit nicht ohne Erfolg.

Ueberhaupt bewies ich in Oxbridge, wenn ich auch keine großen akademischen Würden erlangte, wenig-stens einen guten literarischen Geschmack. Ich errang das eine Jahr den auf die beste Abhandlung über ein gewisses Thema ausgesetzten Preis und bekenne mich schuldig, noch andere Abhandlungen, Gedichte, ja sogar ein Trauerspiel geschrieben zu haben.

Meine Universitätsfreunde lachten viel — es gehört in der Regel sehr wenig dazu, dergleichen Leutchen bei dergleichen Gelegenheiten zu amüsiren, und ich gestattete ihnen gern, sich auf meine Kosten

luſtig zu machen — ich ſage, ſie lachten ſehr viel
über einen gewiſſen Handel, den ich bei meiner
Ankunft in London machte und wobei ich kaum
ärger hätte betrogen werden können, wenn ich Moſes
Primroſe geweſen wäre, welcher die grünen Brillen
kaufte.

Mein Jenkinſon war ein alter Univerſitäts-
freund, den ich dumm genug war, für einen
reſpectablen Mann zu halten. Der Kerl hatte eine
ſehr glatte Zunge und ein geſchniegeltes, kopfhän-
geriſches Aeußere. Er war ein ziemlich beliebter
Prediger und pflegte auf der Kanzel viel zu weinen.
Er und ein querköpfiger Weinhändler und Wechſel-
mäkler, Namens Sherrick, waren, ich weiß ſelbſt nicht
auf welche Weiſe, in den Beſitz jenes netten kleinen
Journals, das „Muſeum“, deſſen der Leſer ſich vielleicht noch erinnert, gekommen, und mein Freund
Honeyman beſchwatzte mich mit ſeiner gleißneriſchen
Zunge, dieſes werthvolle literariſche Eigenthum zu
kaufen.

Ich hege deßhalb keinen Groll gegen ihn; der
Kerl iſt jetzt in Oſtindien, wo er, wie ich hoffe, ſeinen
Fleiſcher und Bäcker bezahlt. Er war in furchtbarer
Geldverlegenheit, als er mir das „Muſeum“ verkaufte.

Er fing an zu weinen, als ich ihm kurze Zeit darauf erzählte, er sei ein Schwindler und schluchzte hinter seinem Taschentuche ein Gebet, daß ich später einmal besser von ihm denken würde.

Auf seinen Mitschuldigen Sherrick brachten meine Bemerkungen über dasselbe Thema gerade die entgegengesetzte Wirkung hervor, denn er lachte mir in's Gesicht und sagte: „Warum sind Sie ein solcher Narr!"

Mr. Sherrick hatte Recht. Wer sich in Geld-geschäfte mit ihm einließ, war ganz gewiß ein Narr, und der arme Honeyman hatte auch Recht, denn ich denke jetzt nicht mehr so schlecht von ihm wie damals. Ein Mensch, der in so drückender Geldnoth stak, konnte unmöglich der Versuchung widerstehen, einen Neuling auszubeuten.

Ich glaube, ich geberdete mich ganz stolz als Redacteur jenes verwünschten Museums und hatte die Absicht, den Geschmack des Publikums zu bilden, Moralität und gute Literatur in der ganzen Nation zu verbreiten und zum Lohn für meine Bemühungen einen guten Gewinn in die Tasche zu stecken.

Ich glaube, ich druckte meine eigenen Sonette, mein eigenes Trauerspiel, meine eigenen Verse —

an ein Wesen, welches ich nicht nennen will, über
dessen Handlungsweise aber ein treues Herz nicht
wenig geblutet hat.

Ich glaube, ich schrieb satyrische Artikel, in
welchen ich mir auf die Feinheit und Schärfe meines
Witzes nicht wenig zu Gute that; ich schrieb aus
Encyclopädieen und biographischen Wörterbüchern
zusammengestoppelte Kritiken, so daß ich manchmal
über meine eigenen Kenntnisse erstaunte. Ich glaube,
ich machte mich vor der Welt zum Gelächter — aber
ich frage Dich, mein guter Freund, hast Du niemals
etwas Aehnliches gethan? Wenn Du niemals ein
Narr gewesen bist, so kannst Du überzeugt sein, daß
Du niemals ein Weiser werden wirst.

Ich glaube, es war mein geistreicher College in
der ersten Etage — er hatte auch Geldgeschäfte mit
Sherrick gehabt und auf Anstiften dieses Herrn
Bekanntschaft mit zwei oder drei Schuldgefängnissen
gemacht — der mir zuerst zeigte, auf wie schmähliche
Weise ich in der Journalangelegenheit über's Ohr
gehauen worden.

Slumley schrieb für ein Blatt, welches in
unserer Offizin gedruckt ward. Ein und derselbe
Knabe brachte oft uns Beiden Correcturbogen. Es

war ein kleiner winziger Bengel mit hellen Augen
und sah aus, als ob er kaum zwölf Jahre alt wäre,
obschon er bereits sechzehn zählte. An Witz ein
Mann, war er an Gestalt ein Kind — wie dies bei
vielen andern Kindern der Armen der Fall zu sein
pflegt.

Dieser kleine Dick Bedfort saß oft viele Stunden
lang schlafend auf meinem oder Slumley's Treppenplatze, während wir in unsern Zimmern mit dem
Niederschreiben unserer werthvollen Artikel beschäftigt
waren.

Slumley war ein gutmüthiger Bösewicht und
gab dem Knaben von seinem Fleische und seinem
Getränke. Ich pflegte ihn durch die Ueberbleibsel
meines Frühstücks zu erquicken und hatte meine
Freude daran, wenn es ihm recht schmeckte.

Wenn er so dasaß mit seiner Mappe auf den
Knieen, den Kopf im Schlafe herabhängen lassend,
gab er ein rührendes kleines Bild.

Das ganze Haus war ihm gut. Der ange-
trunkene Capitain nickte ihm einen Gruß zu, wenn
er mit Halsbinde, Rock und Weste in der Hand die
Treppe hinunterschwankte, um in der Hinterküche
Toilette zu machen. Die Kinder und Dick waren

gute Freunde und Elisabeth plauderte dann und
wann mit ihm in ihrer ernsten gesetzten Weise.

Kennst Du, lieber Leser, den Componisten
Clancy? Vielleicht kennst Du ihn eher unter seinem
eigentlichen Namen Friedrich Donner. Dieser pflegte
Slumley's Verse in Musik zu setzen und kam dann
und wann nach Beak Street, wo er und sein Dichter
ihre gemeinschaftlichen Producte auf dem Piano
probirten. Bei dem Klange dieser Musik pflegten
die Augen des kleinen Dick zu funkeln.

„O, das ist köstlich!" rief der junge Enthusiast.

Auch bemerkte ich, daß der gutmüthige Bösewicht Slumley dem Knaben nicht blos manchmal
einen Penny, sondern auch Billets in's Theater, in
Concerte und dergleichen gab. Dick hatte zu Hause
einen sauberen kleinen Anzug, seine Mutter machte
ihm aus meinem abgesetzten Studentenrocke eine sehr
hübsche kleine Weste und er und sie, eine sehr anstän-
dige Frau, sahen, wenn sie so ihr bestes Zeug auf-
gelegt hatten, respektabel genug aus, um in dem
Parterre irgend eines Theaters Platz nehmen zu
können.

Unter andern öffentlichen Vergnügungsplätzen,
welche er besuchte, ging Mr. Dick auch häufig in

die Akademie, wo Miß Bellenden tanzte und welche die arme Elisabeth Prior nach Mitternacht in ihrem schäbigen kurzen Kleidchen verließ.

Einmal, als der Capitain, Elisabeth's Vater und Beschützer, nicht im Stande war, ordentlich gerade zu gehen und lärmende, unzusammenhängende Reden führte, so daß die Aufmerksamkeit der Herren von der Polizei sich auf ihn richtete, trat Dick heran, ließ Elisabeth und ihren Vater in eine Droschke steigen, bezahlte das Fahrgeld aus seiner Tasche und brachte die ganze Gesellschaft triumphirend nach Hause, während er selbst auf dem Bocke des Fuhrwerks saß.

Ich kam gerade in diesem Augenblicke selbst nach Hause — aus einer von Mistreß Wateringham's eleganten Theesoiréen in Dorset Square — und erreichte meine Thür gerade bei der Ankunft Dick's und seiner Karawane.

„Heda, Kutscher, hier ist Geld!" sagte Dick und seine Augen funkelten.

Es ist angenehmer, dieses strahlende kleine Gesicht zu sehen, als dort den Capitain, welcher, von seiner Tochter geführt, in das Haus hineintaumelt.

4*

Dick weinte, erzählte mir Elisabeth, als sie ihm
eine Woche später seinen Schilling wiederbezahlen
wollte, und sie sagte, er sei ein seltsames Kind, was
er auch wirklich war.

Doch ich komme wieder auf meinen Freund
Lovel zurück. Ich paukte ihn für das Examen ein
— welches er, unter uns gesagt, ganz gewiß nicht
im Stande gewesen wäre, zu machen, als er mir
plötzlich von Weymouth aus, wo er die Ferien zubrachte, schrieb, daß er die Absicht habe, die Universität zu verlassen und im Auslande zu reisen.

„Es sind, lieber Freund," schrieb er, „Ereignisse
eingetreten, welche mir das Haus meiner Mutter
verleiden. Als ich wegen Deiner Angelegenheit nach
London reis'te, ahnete ich nicht, was sie bewog, so
wunderbar gefällig gegen mich zu sein. Sie würde
mir das Herz gebrochen haben, Charles" — ich heiße
mit meinem Vornamen Charles — „die Wunden
desselben haben aber einen Trost gefunden."

In diesem kleinen Kapitel wird der Leser auf
verschiedene kleine Geheimnisse gestoßen sein, worüber
ich, wenn ich nicht über dergleichen Kunstgriffe
erhaben wäre, ihn einen ganzen Monat nachgrübeln
lassen könnte.

1. Warum bestand Mistreß Prior in ihrem Hause so hartnäckig darauf, das Theater, in welchem ihre Tochter tanzte, die Akademie zu nennen?

2. Worin bestanden die besondern Gründe, aus welchen Mistreß Lovel so überaus gefällig gegen ihren Sohn war und ihm 150 Lst. gab, sobald er das Geld verlangte?

3. Warum wäre Fred Lovel beinahe das Herz gebrochen? und

4. Wer war sein Trost?

Ich beantworte diese Fragen sofort und ohne den mindesten Versuch, die Sache zu verzögern oder zu umschreiben.

1. Mistreß Prior, welche von ihrem Bruder John Erasmus Sargent, Doctor der Theologie und Professor am Bonifaz-Colleg, wiederholt Geld bekommen hatte, wußte vollkommen wohl, daß, wenn der Professor, — dem sie ohnedies genug zu schaffen machte — hörte, sie habe eine Nichte von ihm zum Theater gehen lassen, er ihr niemals wieder einen Schilling geben würde.

2. Der Grund, weßhalb Emma, die Wittwe des verstorbenen Zuckerbäckers Adolph Löffel von Whitechapel Road, gegen ihren Sohn Adolph Frederick

Lovel, Esq. vom St. Bonifaz-Colleg zu Orbridge
und Haupttheilhaber der ebengenannten Firma Löffel,
so ganz besonders freundlich und gefällig war, lag
darin, daß sie im Begriffe stand, sich zum zweiten
Male und zwar mit dem ehrwürdigen Samuel Bonnington zu verehelichen.

3. Fred Lovel's Herz ward durch diese Nachricht so verletzt, daß er den Hamlet spielte, sich
schwarz kleidete, sein langes blondes Haar über die
Augen herabhängen ließ, und seinen Kummer und
seine Verzweiflung auf hunderterlei verschiedene Weise
kundgab, bis

4. Louise, die Wittwe des verstorbenen Sir
Popham Baker von Bakerstown in der Grafschaft
Kilkenny, Mr. Lovel bewog, mit ihr und Cäcilien,
der vierten und noch einzigen unverheiratheten Toch-
ter des vorgenannten Sir Popham Baker, einen
Ausflug nach dem Rhein zu machen.

Meine Meinung von Cäcilien habe ich schon
oben offen ausgesprochen. Bei dieser Meinung bleibe
ich auch jetzt noch stehen. Ich werde dieselbe nicht
wiederholen. Der Gegenstand ist mir unangenehm,
gerade so wie das Weib selbst bei ihren Lebzeiten.

Was Fred an ihr zu bewundern fand, kann ich

nicht sagen. Ein Glück für uns Alle, daß. der
Geschmack, die Männer und die Frauen verschieden
sind.

Man wird sie in dieser Geschichte nicht lebendig
auftreten sehen. Der verstorbene Mr. Gandish hat
ihr Bild gemalt. Sie steht und spielt die Harfe,
mit der sie mich so oft fast zum Wahnsinn zu treiben
pflegte. Sie war gegen Fred so widerspenstig und
gegen seine Gäste in der Regel so unhöflich, daß er,
um sie zu beschwichtigen, zu sagen pflegte: „Ich
bitte Dich, liebes Kind, musicire uns Etwas vor,"
und rips, raps waren die Handschuhe herunter und
das Geklimper und Gegröhl begann. Das Stück,
was sie spielte, war stets ein und dasselbe und ich
glaube, die verwünschten Schafdärme waren gar
keiner andern Töne fähig.

Dann kam die Zeit, wo mir der ebenfalls schon
oben erwähnte kalte Theil vorgesetzt ward, und da
mir dies nicht gefiel, so stellte ich meine Besuche in
Shrublands gänzlich ein.

Dasselbe that Lady Baker, aber, wohlgemerkt,
nicht, wie ich, aus eigenem Antriebe. Sie
mied das Haus nicht, weil ihr Empfang zu kalt
war, sondern weil ihr vielmehr viel zu sehr eingeheizt

ward. Ich entsinne mich noch, wie Fred einmal
sehr aufgeräumt zu mir kam und mir mit nicht
wenig Humor eine große, zwischen Cäcilien und
Lady Baker gelieferte Schlacht und Lady Baker's
Niederlage und Flucht beschrieb.

Sie floh jedoch blos bis nach dem Dorfe Putney,
wo sie sich gleichsam wieder formirte und sich in einer
Wohnung befestigte. Den nächsten Tag machte sie
einen verzweifelten und schwachen Angriff, indem sie
an dem Gartenpförtchen von Shrublands erschien
und drohete, sie und der Kummer würden sich daran
niedersetzen und alle Welt solle wissen, wie eine
Tochter ihre Mutter behandele.

Das Pförtchen blieb aber geschlossen und Barnet,
der Gärtner, kam dahinter zum Vorschein und
sagte:

„Da Sie einmal da sind, Mylady, so werden
Sie vielleicht so gut sein, meiner Herrin die vier-
undzwanzig Schilling zu bezahlen, die Sie ihr
abgeborgt haben."

Und er grinste sie durch das Gitter hindurch
an, bis sie die Courage verlor und die Flucht
ergriff.

Lapel bezahlte die kleine vergessene Rechnung —

noch nie in seinem Leben, sagte er, hätte er vierund-
zwanzig Schillinge mit größerem Vergnügen aus-
gegeben.

So vergingen acht Jahre, während deren letzten
vier ich meinen alten Freund fast nur in Clubs und
Wirthshäusern traf, wo wir, wenn auch nicht die
alte Wärme und Heiterkeit, doch die alte Freundschaft erneuerten.

Einen Winter führte er seine Familie in's
Ausland. Cäciliens Gesundheit war schwächlich,
wie Lovel mir erzählte, und der Arzt hatte ihr
gerathen, einen Winter im Süden zuzubringen.

Lovel blieb nicht bei ihr. Er hatte nothwendige
Geschäfte zu Hause. Er hatte sich außer bei der
väterlichen Zuckerbäckerei auch noch bei vielen andern
Unternehmungen betheiligt. Er war Director einer
Actienbank und mit Einem Worte ein Mann, der,
wie man zu sagen pflegt, viele Elsen im Feuer
hatte.

Bei seinen Kindern war eine treue Gouvernante,
ein treuer Diener und eine zuverlässige Dienerin
pflegte die Kranke, und Lovel, der ganz gewiß seine
Frau anbetete, ertrug doch ihre Abwesenheit mit
großem Gleichmuthe.

Im Frühlinge erschrak ich nicht wenig, als ich unter den Todesanzeigen in der Zeitung las:

„In Neapel am Scharlachfieber, den 25. vor. Mon. Cäcilie, Ehegattin von Frederick Lovel, Esq., und Tochter des verstorbenen Sir Popham Baker.“

Ich wußte, wie groß der Schmerz meines Freundes sein würde. Er war auf die Nachricht von ihrer tödtlichen Erkrankung sofort hingeeilt, erreichte aber Neapel nicht noch Zeit genug, um die letzten Worte seiner armen Cäcilie zu empfangen.

Einige Monate nach dieser Katastrophe erhielt ich ein Billet von Shrublands. Lovel schrieb ganz in dem alten liebreichen Tone. Er bat seinen „lieben alten Freund“ zu ihm zu kommen und ihn in seiner Einsamkeit zu trösten — womöglich sollte ich dies noch an demselben Tage thun.

Natürlich ging ich stracks zu ihm. Ich fand ihn in tiefer Trauerkleidung im Gesellschaftszimmer bei seinen Kindern, und ich gestehe, daß ich mich nicht sehr verwunderte, Lady Baker wieder in diesem Zimmer zu sehen.

„Sie scheinen überrascht, mich hier zu sehen,“ sagte Lady Baker zu mir mit jener Anmuth und guten Lebensart, welche sie gewöhnlich zur Schau

trug; denn wenn fie Wohlthaten annahm, fo trug
fie Sorge, die Perfonen, von welchen fie diefelben
erhielt, zu beleidigen.

„Nein, durchaus nicht,“ fagte ich, indem ich
Lovel anfah, welcher kläglich den Kopf hängen ließ.

Er hatte feine kleine Ciffy auf dem Knie und
faß unter dem Portrait der verftorbenen Virtuofin,
deren Harfe, jetzt in ein Lederfutteral gehüllt, unheimlich in einem Winkel des Zimmers ftand.

„Ich bin nicht auf meinen eigenen Wunfch hier,
fondern aus Pflichtgefühl gegen — gegen diefen —
abgefchiedenen — Engel!“ fagt Lady Baker, auf
das Gemälde zeigend.

„Als Mama aber noch lebte, zanktet Ihr Euch
doch fortwährend,“ fagt der kleine Popham, fie
anfchielend.

„So hat man diefe unfchuldigen Kinder gelehrt
von mir zu denken!“ ruft die Großmama.

„Schweig’, Pop,“ fagt der Papa, „und fei
nicht ungezogen.“

„Nicht wahr, Pop ift recht ungezogen?“ fagt Ciffy.

„Schweig’, Pop,“ fährt Papa fort, „oder Du
mußt hinauf zu Miftreß Prior.“

Zweites Kapitel.

In welchem Mistreß Prior sehr lange an der Thür warten muß.

Natürlich wissen wir Alle, wer sie war, die Mistreß Prior von Shrublands, mit welcher Papa und
Großmama den unruhigen Kindern droheten.

Jahre waren vergangen, seitdem ich den Staub
von Beak Street von meinen Füßen geschüttelt hatte.
Das Messingschild mit dem Namen „Prior" war von
der wohlbekannten Thür entfernt und vielleicht auf
des vormaligen liederlichen Besitzers Sarg genagelt
worden.

Als ich vorige Woche zufällig einmal vorbei-
ging, sah ich einen kleinen Ausschlag von pilzför-
migen Messingknöpfen an der Thürpfoste und Café

des Ambassadours stand daran geschrieben, mit drei blauen Theetassen, ein paar Kaffeekannen von dem wohlbekannten Britanniametall und zwei beschmutzten Exemplaren der Independance Belge am Fenster.

Waren die Männer, welche Cigarren rauchend an der Thür standen, vielleicht ihre Excellenzen, die Gesandten? Karten- und Billardspiel stand auf ihren Gesichtern, ihren Hüten und an ihren Ellnbogen geschrieben. Es waren vielleicht „heruntergekommene" Gesandte, wie man zu sagen pflegt. Ohne Zweifel waren sie an dem Hofe Ihrer Majestät der Königin Fortuna in Ungnade gefallen.

Schon oft aber haben Menschen, eben so schäbig wie diese, sich von ihrer Ungnade wieder erholt, ihre schmutzigen Gesichter gewaschen, ihre verschossenen Westen mit Cordons straff gezogen und sind aus Häusern, die um keinen Deut reputirlicher waren als das Café des Ambassadeurs, in schöne Wagen gestiegen.

Wenn ich in der Nachbarschaft von Leicester Square wohnte und ein Café hielte, so würde ich Ausländer stets mit Achtung behandeln. Mögen sie jetzt Billardmarqueure sein oder ein wenig verdächtige

Polizeigeschäfte treiben, warum sollen sie nicht später einmal Generale und große Staatsbeamte sein?

Gesetzt, dieser Gentleman ist jetzt Barbier oder Friseur und läuft mit Brenneisen und Bartwichse herum; woher will man wissen, ob er nicht seine Epauletten und seinen Marschallstab in demselben Beutel trägt?

Auf dem Klingelknopfe zur zweiten Etage, welche ich früher bewohnte, lese ich den Namen „Plugwell". Wer ist dieser Plugwell, der jetzt seine Füße an dem Feuer wärmt, wo ich so manchen langen Abend ge- sessen?

Und dieser Herr mit dem Pelzkragen, dem lan- gen Bart, dem freimüthigen und gewinnenden Blick, der etwas belegten Stimme, welcher auf der Thür- schwelle steht und fortwährend ruft: „Kommen Sie herein und lassen Sie sich abnehmen. Ihr Portrait, vollkommen getroffen, nur einen Schilling!" ist er auch ein Gesandter?

Ach nein, er ist blos der chargé d'affaires eines Photographen, der oben wohnt, ohne Zweifel in dem Zimmer, wo sonst die Kinder sich aufzuhalten pflegten. Mein Himmel, damals, als w i r in Beak

Street wohnten, war die Photographie auch noch
ein Kind!

Soll ich gestehen, daß ich, um alter Zeiten
willen, wirklich hinauf ging und mein Portrait,
Preis ein Schilling, abnehmen ließ? Ich möchte
wissen, ob eine gewisse Person (ich glaube schon gesagt zu haben, daß sie auf einer fernen Insel wohl
verheirathet ist) das Portrait annehmen und sich dabei eines Mannes erinnern würde, den sie in der
Blüthe des Lebens kannte und dessen Haupt braunes
Lockenhaar schmückte, wenn sie jetzt das Bildniß dieses ältlichen Herrn sähe, dessen Stirn so kahl ist wie
ein Billardball.

Als ich diese dunkle Treppe hinauf- und hinun-
terging, lugten die Geister der Prior-Kinder über das
Geländer. Die kleinen Gesichter lächelten in dem
Zwielicht. Es ist möglich, daß Wunden (des Herzens)
wieder pulsirten und bluteten — o wie frisch und un-
aufhaltsam!

Welche Höllenqualen habe ich hinter jener Thür
in jenem Zimmer geduldet — ich meine das, wo jetzt
Plugwell wohnt. Verwünscht wäre dieser Plugwell!
Ich möchte wissen, was jenes Weib von mir denkt,
wenn sie mich dieser Thür mit der Faust drohen sieht!

Halten Sie mich vielleicht für wahnsinnig, Madame? Ich mache mir Nichts daraus, wenn Sie es glauben.

Glauben Sie, als ich von den Geistern der Prior-Kinder sprach, ich hätte damit gemeint, es sei eins davon gestorben? So viel ich weiß, ist keins gestorben. Ein großer tölpischer Lümmel mit keimendem Backenbarte redete mich vor nicht langer Zeit mit einer entsetzlichen Baßstimme an und gab sich mir als August Prior zu erkennen. „Was macht denn Elisabeth?" setzte er mit seinem kugelrunden Kopfe nickend hinzu.

Ja, Elisabeth, Du alter großer Bengel — ach, mein Himmel, wie lange lassen wir sie schon warten!

Aber es ist einmal so — als ich sie erblickte, erwachten eine ganze Menge Erinnerungen in mir und ich konnte nicht umhin zu schwatzen, während ich doch natürlich — Du hast vollkommen Recht, lieber Leser, nur hättest Du diese Bemerkung für Dich behalten können, denn ich weiß recht wohl, was Du sagen wolltest — während ich doch, sage ich, viel klüger gethan hätte, wenn ich den Mund gehalten hätte.

Elisabeth ist für mich eine ganze Geschichte. Sie kam zu einer kritischen Periode meines Lebens zu mir.

Blutend und verwundet durch die Handlungsweise
jener andern Person — (sie heißt jetzt Mistreß O'D—,
ihren ganzen Namen werde ich niemals, niemals
nennen) — schwer verwundet und elend nach meiner
Rückkehr aus einer benachbarten Hauptstadt, kehrte
ich zurück nach meiner Wohnung in Beak Street,
und hier entwickelte sich eine seltsame Vertraulichkeit
zwischen mir und der jungen Tochter meiner Wirthin.

Ich erzählte ihr meine Geschichte — ja, ich glaube,
ich erzählte sie Jedem, der sie hören wollte. Elisabeth
schien mich zu bemitleiden. Sie kam leise und be-
hutsam in mein Zimmer, brachte mir meinen Hafer-
grütze und dergleichen — ich konnte nach dem Vorfalle, auf welchen ich schon wiederholt hingedeutet,
eine Zeitlang kaum essen — sie kam, sage ich, zu
mir und hatte Mitleid mit mir, und ich pflegte ihr
Alles zu erzählen, und zwar mehr als ein Mal. Viele
Tage habe ich damit zugebracht, daß ich in diesem
Zimmer der zweiten Etage, welches jetzt auf den Namen Plugwell hört, mir das Herz ausgerissen habe.

Einen Nachmittag nach dem andern habe ich
hier zugebracht, Elisabeth die Geschichte meiner Liebe
und der mir widerfahrenen Kränkung erzählt, ihr die
Weste gezeigt, von der ich vorhin sprach — jenen

Handschuh (ihre Hand war auch nicht sehr klein) — ihre Briefe, jene zwei oder drei leeren, bedeutungslosen Briefe, welche lauteten:

„Mein werther Herr, Mama hofft, daß Sie zum Thee kommen werden.“

Oder:

„Wenn Sie vielleicht gegen 2 Uhr im Phönix-Park in der Nähe des langen Meilensteins sein sollten, so werde ich mit meiner Schwester wahrscheinlich dort vorübergehen“ ꝛc.

Oder:

„Ach, Sie guter Mann, die Bullets — sie schrieb wirklich Bullets statt Billets — waren sehr willkommen und die Bucketts“ (an diesem Worte war, wie ich deutlich sah, mit einem Federmesser herumgekratzt worden. Damals aber fand ich Nichts an ihr auszusetzen — nicht einmal an ihrer Orthographie) „wirklich zu reizend.“

All' dieses heuchlerische Geschreibsel (es war weiter Niemand daran schuld als die Mutter, denn ehe mein Nebenbuhler sein Amt bekam, ward er bei weitem nicht so gut empfangen wie ich) — all' dieses Geschreibsel, sage ich, zeigte ich Elisabeth und sie bemitleidete mich.

Einen Tag nach dem andern pflegte sie zu mir zu kommen und ich mit ihr zu plaudern. Sie sagte gewöhnlich nicht viel. Vielleicht hörte sie gar nicht einmal recht auf das, was ich sagte, aber darauf achtete ich weiter nicht. Ich schwatzte immer weiter über meine Leidenschaft, meinen Kummer und meine Verzweiflung, und so unermüdlich auch meine Klagen waren, so war doch das Mitleid meiner kleinen Zuhörerin noch unverbrüchlicher.

Gewöhnlich machte die gellende Stimme der Mama unserer Conversation ein Ende und Elisabeth erhob sich dann mit einem: „O, wie fatal!" und ging fort, aber den nächstfolgenden Tag kam das gute Mädchen ganz gewiß wieder und wir begannen dann eine abermalige Wiederholung unser Tragödie.

Wahrscheinlich — und der Fall ist auch in der That ein sehr gewöhnlicher und es bedarf keines Hexenmeisters um zu errathen, was gewöhnlich daraus wird — beginnst Du, liebe Leserin, zu vermuthen, daß aus all' diesem Weinen und dieser Sentimentalität eines weichherzigen alten Narren einem jungen Mädchen gegenüber Etwas entstanden sei, was, wie man sagt, dem Mitleid nahe verwandt ist.

5 *

Darin aber, Madame, irren Sie sich. Allerdings giebt es Leute, welche die Blattern zwei Mal bekommen, aber ich gehöre nicht zu dieser Zahl. Wenn bei mir ein Herz einmal gebrochen ist, so ist es gebrochen, und wenn eine Blume verwelkt ist, so ist sie verwelkt. Wenn es mir beliebt, meinen Kummer in ein lächerliches Licht zu stellen, warum soll ich es nicht thun? Warum glaubst Du, ich stünde im Begriffe, aus einem so alten, abgenutzten, abgedroschenen, faden, gemeinen, trivialen, alltäglichen Gegenstand, wie eine Kokette, die mit der Leidenschaft eines Mannes spielt und ihn auslacht und ihn verläßt, ein Trauerspiel zu machen? In der That ein Trauerspiel! Ja wohl! Gift — Briefpapier mit schwarzem Rande — Waterloobrücke — abermals eine Unglückliche, und so weiter. Nein, wenn sie geht, so lasse man sie gehen! — si celeres quatit pennas, so mache ich es auch so. Ein Trauerspiel aber will ich nicht haben. Das merke Dir!

Indessen, leugnen läßt sich nicht, daß ein Mann, welcher verzweifelt liebt — wie mit mir allerdings damals der Fall war, während Glorvina's Handlungsweise mich furchtbar niedergebeugt hatte — ein höchst egoistisches Wesen ist, wohingegen die Frauen

so weich und unegoistisch sind, daß sie ihren eigenen
Kummer eine Zeit lang vergessen oder verhehlen
können, während sie einem Freunde in Trübsal ihre
fürsorgenden Dienste widmen.

Obschon ich nach meiner Rückkehr von jenem
verwünschten Dublin täglich mit meiner kleinen Elisabeth sprach, sah ich doch nicht, daß sie bleich, zer-
streut, traurig und schweigsam war. Sie pflegte
vollkommen stumm dazusitzen, während ich plapperte,
hielt die Hände zwischen den Knieen oder fuhr sich
mit einer derselben über die Augen.

Dann und wann sagte sie: „Ja, ja! Armer
Mann! — armer Mann!" und gab damit meinen
traurigen Geschichten eine melancholische Bestätigung,
meistentheils aber verhielt sie sich ruhig, ließ den
Kopf auf die Brust herabhängen; stützte das Kinn
auf die Hand und die Füße auf den Feuerschirm.

Eines Tags hatte ich das gewöhnliche Lied an-
gestimmt. Ich erzählte Elisabeth, wie, nachdem Geschenke angenommen, nachdem Briefe zwischen uns gewechselt worden (wenn jenes Gekritzel nämlich ein Brief
genannt, wenn meine leidenschaftlichen Verse als ein
solcher betrachtet werden könnten) nachdem Alles bis auf
das wirkliche Wort über unsere Zunge gekommen war

— ich erzählte, sage ich, Elisabeth, wie an einem verwünschten Tage Glorvina's Mutter mich bei meiner
Ankunft in ihrer Wohnung mit den Worten begrüßte:

„Mein guter lieber Mr. Batchelor, wir betrachten
Sie vollkommen wie ein Glied unserer Familie.
Freuen Sie sich mit mir — freuen Sie sich mit
meinem Kinde! Der gute Tom hat den Posten als
Recorder von Tobago bekommen und wird sich nun
mit seiner Cousine Glory vermählen."

„Mit was für einer Cousine!" kreische ich mit
wahnsinnigem Gelächter.

„Mit meiner armen Glorvina! Die guten
Kinder haben einander geliebt, seitdem sie sprechen
konnten. Ich dachte mir's gleich, daß Ihr freundliches Herz, lieber Freund, das erste sein würde,
welches über das Glück der guten Kinder frohlockte."

Und somit — sagte ich, die Geschichte zu Ende
erzählend, ward ich, der ich mich geliebt glaubte,
ohne eine Spur von Mitleid sitzen gelassen.

Mir, der ich mir hundert Gründe in's Gedächt-
niß zurückrufen konnte, weßhalb ich glaubte, Glorvina sei zärtlich gegen mich gesinnt, mir sagte man,
sie betrachte mich wie ihren Onkel!

Waren ihre Briefe wohl von der Art, wie

Richten schreiben? Wer hat wohl jemals gehört,
daß ein Onkel stundenlang in einer regnerigen Nacht
vor einem Hause auf- und abpatrouillirt und vor
einem Schlafzimmerfenster hinausschaut, weil seine
R i ch t e dahintersteckt? Ich hatte mein ganzes Herz
auf den Wurf gesetzt, und dies war der Lohn, den
ich dafür bekam. Monate lang schmeichelt sie mir
— ihre Augen folgen mir, ihr verwünschtes Lächeln
bewillkommnet und bestrickt mich, und in einem
Augenblicke, auf den Wink eines Andern — lacht
sie mich aus und verläßt mich.

Bei diesen Worten ruft meine kleine bleiche
Elisabeth, immer noch den Kopf hängen lassend:
„O, der Schurke! der Schurke!" und schluchzt so,
daß man hätte glauben sollen, ihr kleines Herz würde
brechen.

„Nein," sagte ich, „liebes Kind, Mr. O'Dowd
ist kein Schurke. Sein Onkel, Sir Hector, war ein
so wackerer alter Offizier, als nur irgend einer in
der Armee. Seine Tante war eine Molloy, von
Molloy's Town, und sie stammen aus einer ganz
vortrefflichen Familie, obschon dieselbe, glaube ich,
sich in etwas knappen Umständen befindet, und der
unge Tom —"

„Tom?" ruft Elisabeth mit bleicher verwirrter Miene. „Sein Name war nicht Tom, mein guter Mr. Batchelor; sein Name war William!"

Und die Thränen beginnen wieder zu fließen.

Ach, mein Kind! meine Kind! mein armes junges Wesen! Also auch Du hast den höllischen Streich gefühlt? auch Du hast die qualvollen Nächte durchwacht — Du hast die endlosen Stunden schlagen hören — Du hast mit Deinen stieren schlaflosen Augen den freudlosen Sonnenaufgang geschaut — Du bist aus Träumen erwacht, in welchen vielleicht der Geliebte Dir zulächelte und Worte der Liebe flüsterte, deren Du Dich zärtlich erinnerst. Wie! — Auch Dein Herz ist bestohlen worden und Dein Schatz ist geplündert und leer! — Armes Mädchen! Und ich schauete in dieses traurige Antlitz und sah keinen Kummer darin.

Du konntest Dich freundlich bemühen, mein verwundetes Herz zu beschwichtigen, und ich sah nicht, daß das Deine blutete? Littest Du mehr als ich, mein armes Mädchen? Ich hoffe nicht. Bist Du so jung und ist die Blume des Lebens schon auf immer für Dich verwelkt? Ist Dein Becher ohne

Wohlgeschmack, Deine Sonne bleich, oder über Deinem Haupte fast unsichtbar?

Die Wahrheit ward mir mit einem Male klar und ich fühlte mich beschämt, daß mein eigener selbstsüchtiger Kummer mich blind für den ihrigen gemacht hatte.

„Wie," sagte ich, „mein armes Kind, war es vielleicht —"

Und ich zeigte mit dem Finger a b w ä r t s.

Sie nickte mit ihrem armen Kopfe.

Ich wußte nun, daß es der Abmiether war, welcher kurz nach Slumley's Weggange die erste Etage gemiethet hatte. Er war Offizier in der Armee von Bombay. Er hatte die Wohnung drei Monate gehabt. Er war kurz zuvor, ehe ich von Dublin zurückkam, nach Indien abgegangen.

Aber Elisabeth wartet immer noch an der Thür? Soll sie hereinkommen? Nein, noch nicht, ich habe noch einige Worte über die Priors zu sprechen.

Du weißt bereits, lieber Leser, daß sie nicht mehr Miß Prior von Beak Street war. Dieses Haus war zu der Zeit, von der ich schreibe, schon lange in die Hände anderer Bewohner übergegangen. Als der Capitain starb, bat mich seine Wittwe unter vielen Thränen, bei ihr zu bleiben und ich blieb, denn ich bin niemals im Stande gewesen, einer solchen Ansprache zu widerstehen.

Ihre Angaben in Bezug auf ihre Angelegenheiten waren nicht streng der Wahrheit gemäß; aber pflegen Frauen in Dingen, welche Geld betreffen, sich nicht oft zu irren?

Ein nicht mit Unrecht entrüsteter Hauswirth übergab das Haus in Beak Street rasch anderen Abmiethern. Der königliche Steuereinehmer bemächtigte sich des dürftigen Mobiliars der armen Mistreß Prior. — Blos des ihrigen? Ach nein, auch des meinigen — meiner schön gebundenen Bücher mit dem Bilde des heiligen Bonifaz, unseres Schutzpatrons, und des Bischofs Budgeon, des Gründers unserer Universität; meiner eleganten Radirungen der Meisterwerke Raphaels; meines Harmoniums, an welchem eine gewisse Person von mir componirte Lieder gesungen; meines schönen böhmischen Glasgeschirrs, welches ich auf der Zeil in Frankfurt am Main gekauft — des Bildnisses meines Vaters, weiland Capitain Batchelor (Hopner) von der königlichen Flotte mit einem Fernrohr, welches ganz natürlich auf einen Sturm gerichtet war, in dessen Mitte ein See-

treffen geliefert ward; des Miniaturportraits meiner
armen Mutter, von dem alten Adam Buck gemalt;
meiner Thee- und Rahmkannen und hundert anderer
Siebensächelchen, wie sie zur Ausschmückung des
Zimmers eines Einsiedlers dienen.

Alle diese häuslichen Schätze fand ich im Besitz
der Trabanten des Gesetzes und mußte die Steuern
der Priors mit dieser Hand bezahlen, ehe ich wieder
in mein Eigenthum eingesetzt ward.

Mistreß Prior konnte mich blos mit den Thränen und Segnungen einer Wittwe bezahlen — ihr
Mann hatte schon zuvor eine Welt verlassen, welcher
er schon längst aufgehört hatte, zum Nutzen oder
zur Zierde zu gereichen.

Thränen und Segnungen spendete sie allerdings
— ich kann dies nicht anders sagen — in reichlichem
Maße, und dagegen ließ sich Nichts erinnern.

Aber warum fahren Sie fort, meine Theebüchse
zu bestehlen, Madame? Warum stecken Sie Ihren
Finger — was will ich sagen Ihren Finger? —
Ihre ganze Tatze — in den Sahnentopf?

Ferner ist es eine entsetzliche Thatsache, daß die
Wein- und Rumflaschen nach Priors Tode eben so

ausliefen, wie dies bei seinen unehrenhaften Lebzeiten
der Fall gewesen war.

Eines Nachmittags, als ich plötzlich Veranlassung erhielt, wieder in meine Wohnung zurückzukeh-
ren, ertappte ich meine elende Wirthin, als sie eben im
Begriffe stand, meinen Sherry zu plündern. Sie
stieß ein krampfhaftes Gelächter aus und fing dann
an zu weinen. Sie erklärte, seit dem Tode ihres
armen Mannes wisse sie nicht mehr, was sie spräche
oder thäte. Ihre Worte waren vielleicht ein wenig
unzusammenhängend, ganz gewiß aber sprach sie in
diesem Falle die Wahrheit.

Ich rede in leichtfertigem, ja vielleicht frivolem
Tone von dieser alten Mistreß Prior mit ihrem gie-
rigen Lächeln, ihrem spitzen, hagern Gesichte, ihrem
finstern Blicke und ihrer grausamen Stimme, und
dennoch, der Himmel weiß es, könnte ich, wenn ich
wollte, ernsthaft sein, wie ein Leichenprediger.

Ja, diese Frau hatte einmal rothe Wangen
und sah ziemlich gut aus und sagte wenig Lügen
und stahl keinen Sherry und fühlte die zärtlichen
Leidenschaften des Herzens und küßte höchstwahrschein-
lich den schwachen alten Geistlichen, ihren Vater, sehr
zärtlich und reuevoll an jenem Abende, wo sie Ab-

schied von ihm nahm, um dann sich an das Hinter-
thor des Gartens zu stehlen und mit Mr. Prior auf
und davonzugehen.

Mütterlichen Instinkt hatte sie, denn sie nährte
ihre Kleinen so gut als sie konnte von ihrer magern
Brust, und ging hungrig umher und raubte und
stahl für sie.

Des Sonntags stutzte sie das fadenscheinige
schwarzseidene Kleid und den Hut so gut als möglich
auf, plättete die Kragen und klammerte sich verzweifelt an die Kirche.

Sie besaß eine schlechte Bleistiftzeichnung von
dem Pfarrhause in Dorsetshire und Silhouetten
von ihrem Vater und ihrer Mutter, welche überall,
wohin sie kam, in ihrer Wohnung aufgehängt
wurden.

Sie wanderte viel umher. Ueberall, wohin sie
kam, hing sie sich an den Priesterrock des Geistlichen
des betreffenden Kirchspiels, sprach von ihrem theuern
Vater, dem Vikar, von ihrem reichen, talentvollen
Bruder, dem Professor, mit einer gewissen Zurück-
haltung, welche zu verstehen gab, daß Dr. Sargent
für seine arme Schwester und ihre Familie mehr
thun könnte, wenn er nur wollte.

Sie that sich nicht wenig darauf zu gute, daß sie dem geistlichen Stand angehörte, hatte in ihrer Jugend eine Menge alte theologische Bücher gelesen und schrieb eine stattliche Hand, denn sie hatte oft ihres Vaters Predigten auf's Reine geschrieben.

Sie pflegte oft Gewissensfälle aufzustellen, dem ehrwürdigen Mr. Green ihre Aufwartung zu machen, ihn um Erklärung dieser oder jener Stelle seiner bewundernswürdigen Predigt zu bitten und dann das Gespräch so zu leiten, daß sie gewisse Citate aus den Werken von Hooker, Beveridge und Jeremy Taylor anbringen konnte.

Ich glaube, sie besaß eine alte Scharteke mit einem halben Schocke dergleichen Extracte, und wußte dieselben auf sehr amüsante und gewandte Weise in ihre Conversation einzuflechten.

Green faßte Interesse an ihr, vielleicht machte ihr auch die hübsche junge Mistreß Green einen Besuch und fühlte sich im Stillen ein wenig empört über die Kälte, welche der alte Dr. Brown, der Rector, gegen Mistreß Prior an den Tag legte.

Es kam dann zwischen Green und Mistreß Prior zu Geldgeschäften. Mistreß Green's Besuche hörten auf, die Bekanntschaft mit Mißreß Prior war eine kostspielige.

Ich entsinne mich, daß Pye von Meudlin, kurz zuvor ehe er „überging", fortwährend mit seinen Büchern, Bildern und Medaillen u. s. w. — Du weißt schon lieber Leser — in Mißreß Prior's Hinterstübchen war. In Orbridge nannte man den armen Jack einen Jesuiten. Später aber begegnete ich ihm einmal in Rom — er hatte einen kahlgeschorenen Fleck so groß wie eine halbe Krone auf dem Kopfe und trug einen Hut so breit wie der Don Basilio's im Barbier von Sevilla — und er sagte:

„Mein lieber Batchelor, kennen Sie jene Person in Ihrer Wohnung? Ich glaube, sie war ein hinterlistiges Geschöpf. Sie borgte vierzehn Pfund von mir und ich weiß nicht mehr wie viel — ich glaube es waren sieben — von Barfoot von Corpus — kurz zuvor ehe wir aufgenommen wurden. Ich glaube, sie machte auch eine Anleihe von Bummel, um sich aus der Gewalt von uns Jesuiten befreien zu können. Werden Sie den Kardinal hören? Thun Sie es ja; gehen Sie und hören Sie ihn — alle Welt thut es — es gehört jetzt zum guten Ton in Rom."

Hieraus schließe ich, daß es Schlauköpfe auch in andern Gemeinden giebt, außer der von Rom.

Mama Prior hatte von dem Liebeshandel zwischen ihrer Tochter und dem flüchtigen Capitain von Bombay recht wohl Kenntniß gehabt. Eben so wie Elisabeth nannte sie Capitain Walkingham einen Schurken, aber wenn ich die Frauen nur im mindesten kenne — was aber nicht der Fall ist — so hatte die alte Intriguantin ihre Tochter dem Offiziere nur allzuhäufig in den Weg geschickt, einen großen Theil der Liebelei selbst besorgt und der armen Bessy erlaubt, Geschenke von Capitain Walkingham anzunehmen, so daß sie das Unheil, welches daraus folgte, in höhem Grade selbst herbeigeführt und angestiftet hatte.

Gewissenlose Mütter in solchen Vermögensumständen suchen einmal Herren, welche sie für eine gute Parthie halten, anzulocken, um ihre lieben Töchterchen zu versorgen.

Was die Priorin that, geschah natürlich aus den besten Beweggründen.

„Niemals," sagte sie, „niemals sah der Unhold meine arme Bessy ohne mich oder einen oder zwei ihrer Brüder und Schwestern, und Jack und die liebe

Ellen sind so schlaue und gewitzte Kinder wie nur irgend welche in England!" betheuerte die entrüstete Mistreß Prior. „Wäre einer meiner Knaben erwachsen gewesen, so hätte Walkingham nimmermehr gewagt, so zu handeln wie er gehandelt hat — der gewissenlose Schurke! Mein armer Mann würde den Elenden gezüchtigt haben, wie er es verdiente, aber was konnte er bei dem zerrütteten Zustande seiner Gesundheit thun? O, Ihr Männer — Ihr Männer, wie gewissenlos Ihr seid!"

„Aber meine gute Mistreß Prior," sagte ich, „Sie lassen auch Elisabeth ziemlich oft in mein Zimmer kommen."

„Damit sie die Conversation des Freundes ihres Onkels genieße, eines Mannes von Bildung, eines Mannes, welcher so viel älter ist als sie! Das versteht sich, mein werther Herr! Soll eine Mutter nicht ihrem Kinde jeden möglichen Vortheil zuzuwenden suchen? Und wem soll ich trauen können, wenn nicht Ihnen, der Sie stets mir und den Meinen ein so treuer Freund gewesen sind?" fragt Mistreß Prior, indem sie ihre trocknen Augen mit dem Zipfel ihres Taschentuches wischt, während sie an meinem Feuer steht, mit meinen monatlichen Rechnungen in

Lovel der Wittwer. I.   6

der Hand, in ihrem altmodischen saubern Ductus geschrieben und mit jener verschwenderischen Liberalität
calculirt, welche sie bei diesen Zusammenstellungen
gegen mich stets in Anwendung brachte.

„Mein Himmel!" sagte meine Cousine, die kleine
Mistreß Skinner, die mich einmal, als ich unwohl
war, besuchte und eins der eben erwähnten Documente
in nähern Augenschein nahm; „Mein Himmel, Charles, Du verbrauchst ja mehr Thee, als meine ganze
Familie, obschon wir unser Sieben sind, und eben
so viel Zucker und Butter — freilich, dann ist es
kein Wunder, daß Du an der Galle leidest."

„Ja, liebe Cousine, ich trinke den Thee einmal
gern sehr stark," sagte ich, „und Du trinkst den
Deinen ungewöhnlich schwach. Ich habe es bei
Deinen Theegesellschaften bemerkt."

„Es ist eine Schande, daß ein Mensch auf diese
Weise bestohlen wird!" rief meine Cousine.

„Wie freundlich von Dir, Flora, mich darauf
aufmerksam zu machen," entgegnete ich.

„Es ist meine Pflicht, Charles," ruft meine
Cousine. „Und ich möchte wissen, was für ein
großes, langes, rothhaariges Mädchen das ist, welches ich auf dem Gange bemerkte!"

Ach, mein Himmel, der Name des einzigen Weibes, welches jemals Besitz von diesem Herzen hatte, war nicht Elisabeth, obschon, wie ich gestehe, ich einmal dachte, meine kleine Intriguantin von einer Wirthin würde nichts dagegen haben, wenn ich Miß Prior zu Mistreß Batchelor machte.

Auch sind es nicht blos die Armen und Bedürftigen, welche diese Manie haben, sondern auch die Reichen. Diese Männerjagd wird selbst in den allerhöchsten Cirkeln betrieben, wenigstens stütze ich mich, indem ich dies sage, auf die allerbesten Autoritäten. Ach Weib! Weib! — ach zärtliche Mutter schöner Töchter — wie seltsam ist Deine Leidenschaft, zu Deinen Titeln auch den einer Schwiegermutter hinzuzufügen.

Dennoch sagt man mir, daß, wenn Du diesen Titel besitzest, derselbe oft nur in Bitterkeit und Enttäuschung besteht. Der Schwiegersohn ist vielleicht unfreundlich gegen Dich, der undankbare Barbar! Es ist sehr leicht möglich, daß die Tochter sich ungehorsam zeigt, die pflichtvergessene Schlange! Und dennoch fährst Du fort, Pläne zu schmieden, und nachdem Du von Louise und ihrem Gatten nur Aerger und Mühe gehabt, versuchst Du dennoch, auch für Jemima und Maria auf diese Weise thätig zu

6*

fein, ja sogar bis herab für die kleine Toddles, welche
in ihren rothen Schuhen aus der Kinderstube kommt.

Wenn Du sie mit dem kleinen Tommy, dem
Söhnchen unsers Nachbars, sich um dasselbe Spielzeug streiten oder auf demselben Schaukelpferde herum-
klettern siehst, so denkst Du ohne Zweifel in Deinem
guten, lieben, albernen Kopfe: Werden diese kleinen
Leute in zwanzig Jahren wohl zusammenkommen?

Und Du giebst Tommy ein sehr großes Stück
Kuchen und hängst für ihn ein schönes Geschenk an
den Christbaum, obschon er weiter nichts ist, als ein
lärmender, ungezogener Knabe, der Toddles schon
geschlagen und ihr die Puppe genommen hat.

Ich entsinne mich, als ich selbst von der Handlungsweise einer jungen Dame in — in einer Hauptstadt, welche durch einen viceköniglichen Hof ausge-
zeichnet ist — und von ihrer Herzlosigkeit sowohl,
als von der ihrer Mutter, von welcher ich einmal
glaubte, sie würde meine Schwiegermutter werden,
litt — kreischte ich einem Freunde, der zufällig einige
Zeilen aus Tennyson's Ulysses sprudelte, zu:

„Beim Georg, Warrington, ich zweifle nicht,
daß als die jungen Sirenen ihre grünen Mützen nach
dem alten griechischen Capitain und seiner Mannschaft

setzten, ihm mit ihren weißen Armen winkten und
ihn durch ihre süßesten Töne lockten — ich zweifle
nicht, sage ich, daß die S i r e n e n mutter, mit ihren
gefärbten Stirnen und geschminkten Wangen hinter
den Felsen staken und riefen:

„Jetzt, Halchone, mein Kind, jene Arie aus
der Pirata! Jetzt, Glaukopis, meine Theure, richte
Dein Augenmerk gut auf den alten Herrn am Steuer-
ruder! Bathykolpos, meine Liebe, oben auf der
Mastspitze sehe ich einen jungen Matrosen, der stracks
in Deinen Schoos herunterplumpen wird, wenn Du
ihm winkest.“ Und so weiter — und so weiter.

Und ich lachte mit einem wilden Gekreisch von
Verzweiflung. Denn auch ich bin auf der gefähr-
lichen Insel gewesen und habe sie wahnsinnig, wü-
thend und reif für die Zwangsjacke verlassen.

Und als eine weißarmige Sirene Namens
Glorvina mich mit ihrem allzuverführerischen Lieb-
äugeln und Gesang verlockte, sah ich damals nicht,
obschon ich es jetzt weiß, daß ihre arglistige Mutter
das arglistige Kind anspornte.

Wie, als der Capitain starb, Gerichtsdiener
und Executoren die Wohnung in Beschlag nahmen,
habe ich schon oben erzählt, und es liegt mir Nichts

daran, mich nochmals über dieses widerwärtige Thema zu verbreiten.

Ich glaube, die Gerichtsdiener waren schon vor Prior's Hintritt zur Stelle, aber er wußte Nichts von ihrer Gegenwart. Wenn ich sie auslaufen mußte, so war dies weiter kein großer Gegenstand, sondern ich sage blos, daß es von Mistreß Prior sehr hart und unfreundlich war, mich ihrem Bruder, dem Professor, als einen Shylock zu schildern.

Indessen, ich glaube, es giebt noch andere Leute außer Mr. Charles Batchelor, welche in diesem Leben falsch geschildert worden sind. Sargent und ich legten die Sache später bei und Miß Bessy war die Ursache, daß wir wieder zusammen kamen.

„Auf mein Wort, mein lieber Batchelor," sagte er eines Weihnachts, als ich in das alte Colleg kam, „ich wußte Nichts davon, wie viel Dank meine — hm! hm! — meine Familie Ihnen schuldig ist. Meine Nichte, Miß Prior, hat mich von verschiedenen — hm! hm! — von verschiedenen Beweisen von Freigebigkeit unterrichtet, welche Sie meiner armen Schwester und ihrem noch ärmeren Gatten gegeben. Sie haben meinen zweiten Neffen — entschuldigen Sie, wenn ich mich nicht sogleich auf seinen Taufnamen

besinnen kann — hm! hm! — in eine Freischule gebracht und die Familie meiner Schwester bei verschiedenen Gelegenheiten in nicht unbeträchtlicher
Weise mit Geld unterstützt. Der Mensch braucht
keine großen akademischen Würden zu erwerben, um
— hm! hm! — ein gutes Herz zu besitzen; und auf
mein Wort, Mr. Batchelor, ich und meine — hm!
hm! — Frau sind Ihnen aufrichtig verbunden."

„Ich will Ihnen Etwas sagen, Herr Professor,"
sagte ich, „e i n e n Punkt giebt es allerdings, in
Bezug auf welchen Sie mir wirklich verbunden sind
und hinsichtlich dessen ich das Mittel gewesen bin,
auch Ihnen Geld zu sparen."

„Ich gestehe, daß ich nicht weiß, was Sie damit sagen wollen," entgegnete der Professor mit
seiner stolzesten Miene.

„Ich habe Ihnen und Ihrer Frau eine sehr
gute Gouvernante für Ihre Kinder zu dem geringsten
Gehalte verschafft, den man sich denken kann," antwortete ich.

„Wissen Sie, welche Ausgaben diese meine unglückliche Schwester und ihre Familie mir schon ver-
ursacht haben?" sagt der Professor und wird feuerroth.

„Dieser Gegenstand ist schon sehr oft das Thema

Ihrer Conversation gewesen," antwortete ich. „Sie haben Bessy als Gouvernante gehabt —"

„Als Gouvernante für die Kinderstube — sie hat Lateinisch und noch eine Menge andere Dinge gelernt, seit sie in meinem Hause gewesen ist!" ruft der Professor.

„Eine Gouvernante für den Lohn einer Hausmagd," fuhr ich unerschrocken fort.

„Hat meine Nichte — hm! hm! — hat die Gouvernante meiner Kinder sich vielleicht über die Behandlung beschwert, die sie in meinem Hause genießt?"

„Mein bester Herr Professor," entgegnete ich, „Sie werden doch nicht glauben, daß ich den Klagen des Mädchens eher als jetzt Gehör geschenkt oder dieselben gar wiederberichtet haben würde?"

„Und warum thun Sie es jetzt, Batchelor? Das möchte ich wissen!" sagt der Professor, indem er unter den Portraits des h. Bonifacius, des Bischofs Budgeon und aller verstorbenen Matadore der Universität in seinem Studirzimmer zornig auf und abschreitet. „Warum jetzt, Batchelor, frage ich nochmals?"

„Weil Miß Prior — allerdings, nachdem sie

drei Jahre bei Ihnen gewesen ist und ihre Kenntnisse dadurch bedeutend vermehrt hat, wie mit jeder jungen Dame in Ihrer Gesellschaft der Fall sein muß, mein lieber Herr Professor — jetzt wenigstens fünfzig Guineen jährlich mehr werth ist, als Sie ihr geben, es aber unklug von ihr gewesen wäre, mit der Sprache eher herauszugehen, als bis sie ein besseres Unterkommen gefunden hat."

„Wollen Sie damit sagen, daß sie die Absicht hat, mein Haus zu verlassen?"

„Ein reicher Freund von mir, welcher, beiläufig gesagt, auch unter Ihnen studirt hat, braucht eine Gouvernante für seine Kinder, und ich habe ihm Miß Prior empfohlen. Er ist gern bereit, ihr siebzig Guineen jährlich zu zahlen."

„Und darf ich fragen, wer der Mann ist, der unter mir studirt hat und meiner Nichte siebzig Guineen zahlen will?" fragt der Professor grimmig.

„Sie besinnen sich wohl noch auf Lovel?"

„Den Sohn des Zuckerbäckers — der Sie vom Schuldarrest erlös'te?"

„Eine Hand wäscht die andere," entgegnete ich schnell. „Ich habe für einige Mitglieder Ihrer Familie dasselbe gethan, Herr Professor."

Der Professor, welcher in seinem langen
Gewande hin und her gerauscht war, blieb plötzlich
stehen, als ob ich ihm einen Schlag versetzt hätte.
Er sah mich an. Er ward noch dunkler roth. Er
fuhr sich mit der Hand über die Augen.

„Batchelor," sagte er, „ich bitte Sie um Verzeihung. Ich war es, der sich vergaß — möge der
Himmel mir vergeben — ich dachte nicht daran,
wie gut Sie gegen meine Familie, gegen meine —
hm! hm! — hülfsbedürftige Familie gewesen
sind, und wie dankbar ich Ihnen für den Schutz sein
muß, den sie an Ihnen gefunden hat."

Seine Stimme ward wankend, während er
dies sagte, und natürlich ward der kleine Zorn, den
ich vielleicht fühlte, durch diese Zerknirschung vollständig entwaffnet.

Wir schieden als die besten Freunde. Er drückte
mir nicht blos in seinem Zimmer die Hand, sondern
begleitete mich sogar bis an die Hausthür, wo er
mir nochmals die Hand drückte.

Huckles, der Studienmeister, und Botts, der
Docent, die in diesem Augenblicke zufällig durch den
Hof gingen, waren ganz entsetzt, als sie das Phä-
nomen erblickten.

„Höre, Batchelor," fragte Huckles, „bist Du vielleicht Marquis geworden?"

„Warum soll ich Marquis geworden sein, Huckles?" fragte ich.

„Sargent begleitet Niemanden unter dem Range eines Marquis bis an die Hausthür," sagte Huckles leise. —

„Es müßte denn eine hübsche Dame sein," bemerkte Botts, der einmal das Witzeln nicht lassen kann. „Batchelor, mein wohlbejahrter Tiresias, hast Du Dich vielleicht par hasard in eine liebenswürdige junge Dame verwandelt?"

„Pack' Dich Deiner Wege, Du abgeschmackter Mensch!" sagte ich.

Dennoch ward dieser Vorfall nicht blos Abends von uns bei unserem Weine, sondern auch von der ganzen Universität besprochen.

Uebrigens geschahen auch noch andere Dinge, welche Jedermann bewogen, seinen Nachbar verwundert anzusehen.

Während dieses ganzen Semesters lud Sargent unsern Lord Sackville (Lord Wigmore's Sohn) nicht ein einziges Mal zu sich ein. (Lord Wigmore's Vater war bekanntlich Universitätsbäcker gewesen.)

Während dieses ganzen Semesters war er blos
zwei Mal grob — gegen Perks, den Unterstudien=
meister — und dies auch nur in sehr sanfter Weise.

Was aber noch mehr als alles Dies war —
er schenkte seiner Nichte ein Kleid, seinen Segen,
einen Kuß und ein vortreffliches Zeugniß, als sie
von ihm Abschied nahm. Ueberdies versprach er,
einen ihrer kleinen Brüder in die Schule zu schicken,
welches Versprechen er auch, wie ich nicht erst zu
sagen brauche, treulich hielt, denn er hat wirklich
gute Grundsätze.

Er ist grob, er ist unhöflich, er ist dünkelhafter
als irgend ein Mensch, den ich jemals gekannt, er
ist durch das Glück sehr verwöhnt worden — aber
er ist großmüthig — er kann gestehen, daß er Unrecht
gehabt hat, und, o mein Himmel, was für eine un=
geheure Masse Griechisch weiß er.

Obschon mein verstorbener Freund, der Capitain,
niemals etwas Anderes zu thun schien, als daß er
das Geld seiner Familie verthat, so war seine, wenn
auch anrüchige, Gegenwart doch in dem Haushalte
nicht ohne Nutzen.

„Mein guter Mann hielt unsere Familie zusam=
men," sagte Mistreß Prior und schüttelte ihren magern

Kopf unter ihrer dünnen Wittwenhaube. „Der Himmel weiß, wie ich nun, wo er nicht mehr da ist, für diese Lämmer sorgen soll."

Und in der That, erst nach dem Tode dieses betrunkenen Hirten stürzten sich die Wölfe des Gesetzes auf die Lämmer — mit Einschluß' meiner Person, der ich doch über das Alter der Lammheit und Pfeffermünzbrühe schon lange hinaus bin.

Sie stürzten sich auf unsere Hürde in Beak Street, sage ich, und verwüsteten sie.

Was sollte ich thun? Konnte ich diese Wittwe und ihre Kinder in der Noth verlassen? Ich war mit dem Unglücke nicht unbekannt und wußte, wie man Nothleidenden beispringt. Ja, ich glaube, die kleine Aufregung, welche auf die Beschlagnahme meiner Sachen und so weiter folgte, die insolente Gemeinheit der Gerichtsdiener — mit deren einem ich nahe daran war, handgemein zu werden — und andere Vorfälle, die in dem verwais'ten Haushalte sich ereigneten, dienten dazu, mich aufzurütteln und in gewissem Grade die Erschlaffung und Apathie zu verscheuchen, an welcher ich in Folge von Miß Mulligan's Handlungsweise gegen mich litt.

Ich gab dem verstorbenen Capitain das Geleit

nach seiner letzten Wohnung. Meine guten Freunde, die Drucker des Museums, nahmen einen der Knaben in ihr Comptoir. Für August ward ein blauer Rock und ein Paar gelbe Strümpfe — das vorschriftmäßige Costüm der Freischule — angeschafft, und als ich die Kinder des Professors mit einer alten erbärmlichen Wärterin im Garten des Universitätsgebäudes herumspazieren sah, kam ich auf den Gedanken, ihm seine Nichte Miß Prior als Gouvernante für seine Kinder vorzuschlagen. Der Himmel ist mein Zeuge, daß ich ihm von „Miß Bellenden" und der „Akademie" kein Wort sagte.

Ich glaube dagegen, daß ich sie in andern Beziehungen fast über die Gebühr herausstrich. Ihre Sprachfehler suchte ich zu beschönigen, indem ich beklagte, daß Elisabeth's arme Mutter genöthigt gewesen sei, ihre Tochter mit Mädchen von gemeiner Herkunft und schlechter Erziehung umgehen zu lassen, und fügte hinzu, daß sie nicht verfehlen könne, im Hause eines der ausgezeichnetsten Gelehrten in Europa sehr bald besser sprechen zu lernen und eine der gebildetsten jungen Damen zu werden.

Ja, auf mein Wort, das sagte ich und sah dabei der ungebildeten, ordinär herausgeputzten Frau Pro-

fefforin ganz ernſthaft in's Geſicht, und ich hoffe
demüthigſt, wenn dieſe Lüge mir da oben zur Laſt
geſchrieben worden iſt, ſo wird der buchführende
Engel bedenken, daß mein Beweggrund gut war,
obſchon die Erklärung ſelbſt ſich nicht rechtfertigen
läßt. —

Ich glaube indeſſen nicht, daß es das Compli-
ment, ſondern vielmehr die Verlockung, eine Gouvernante beinahe umſonſt zu bekommen, war, was
auf Madame Sargent einwirkte.

Und ſomit zog Beſſy zu ihrer Tante, aß das
Brod der Abhängigkeit und trank den Becher der
Demüthigung und genoß von der Paſtete der Zurück-
ſetzung, erzog ihre widerwärtigen kleinen Couſins ſo
gut als es in ihrer ſchwachen Kraft ſtand und neigte
das Haupt der Heuchelei vor dem Don, ihrem Onkel,
und der aufgeblaſenen kleinen Emporkömmlingin,
ihrer Tante. Dieſe ſollte die gebildetſte Frau in
England ſein — ha! ha! Sie war weiter nichts
als ein kleines, eitles, knickeriges Weib!

Beſſy's Mutter kam es natürlich gar nicht ge-
legen, auf die fünfzig Pfund jährlich zu verzichten,
welche ihre Tochter aus der „Akademie” nach Hauſe
brachte, aber ihr Abgang von derſelben war einmal

unvermeidlich. Es hatte dort einen Zank gegeben, worüber das Mädchen nicht gern sprach. Man hatte Miß Bellenden auf eine Weise behandelt, welche Miß Prior fest entschlossen war, sich nicht gefallen zu lassen.

Oder lag der Grund vielleicht darin, daß sie sich von dem Schauplatze ihres Herzenskummers zu entfernen und den indischen Capitain zu vergessen suchen wollte?

„Komm', Leidensgenossin! Komm', Kind des Unglücks, komm' hierher! Hier sitzt ein alter Jung-gesell, der mit Dir weinen wird, Thräne um Thräne.

Und in der That, Miß Prior kommt endlich wirklich in's Zimmer. Ihr Gesicht ist bleich, ihr röthliches Haar ist unter eine schwarze Haube zurück-gekämmt, und so wahr ich lebe; sie trägt eine blaue Brille! Ein dicht anschließendes Trauerkleid ist bis an ihren weißen Hals herauf zugeknöpft und der Kopf hängt schüchtern herab.

Das ist Miß Prior.

Sie giebt mir die Hand, als ich ihr die meinige entgegenstrecke. Sie macht mir einen bescheidenen kleinen Knix und beantwortet meine vielen Fragen schüchtern und einsylbig. Sie wendet sich fortwäh-

rend an Lady Baker, um sie um Belehrung oder
Bestätigung ihrer Aussagen zu bitten.

„Wie, haben sechs Jahre Sclaverei das frei-
müthige junge Mädchen, welches ich in Beak Street
kennen gelernt, so verwandelt?"

„Sie ist größer und stärker, als sie war. Sie
ist etwas unbeholfen und hat hohe Schultern, dabei
aber dennoch eine sehr schöne Figur."

„Sollen Miß Cissy und Master Popham ihren
Thee hier bekommen, oder im Schulzimmer?" fragte
Bedford, der Kellermeister, seinen Herrn.

Miß Prior wirft Lady Baker einen bittenden
Blick zu.

„In dem Schul —" fängt Lady Baker an.

„Nein, lieber hier — hier!" schreien die Kinder.
„Hier ist es viel hübscher, und Du wirst uns Obst
und so Etwas vom Tische schicken, Papa, nicht
wahr?" ruft Cissy.

„Es ist Zeit, Toilette zum Diner zu machen,"
sagt Lady Baker.

„Hat es schon zum ersten Male geläutet?" fragt
Lovel.

„Ja, es hat schon zum ersten Male geläutet,

Lovel der Wittwer. I.

die Großmama muß gehen, denn sie braucht allemal sehr lange Zeit zum Ankleiden!" ruft Pop.

Und in der That, wenn man Lady Baker ansieht, so muß man, wenn man ein Kenner ist, bemerken, daß sie eine höchst zugesetzte Person ist, deren Reize sehr viel Arrangirtalent und Sorgfalt erfordern. Es giebt gewisse baufällige alte Häuser, wo die Maler und Bleigießer und Glaser fortwährend zu thun haben.

„Haben Sie die Güte, die Klingel zu ziehen," sagt sie in majestätischer Weise zu Miß Prior, obschon ich glaube, daß Lady Baker selbst der Klingel am nächsten war. Ich sprang auch nach der Klingel und meine Hand berührte die Elisabeth's, welche dem Befehle der Lady gehorchen wollte und nun zurücktrat, indem sie mir zugleich den schüchternsten Knix machte.

Auf den Ruf der Klingel erscheint Bedford, der Kellermeister — er war auch ein älter Freund von mir — und Thomas, der Page, der unter den Befehlen dieses Kellermeisters steht.

Lady Baker zeigt auf einen Haufen Gegenstände, die auf dem Tische liegen, und sagt zu Bedford: „Seid so gut, Bedford, meinem Diener zu sagen, er solle diese Sachen meiner Zofe geben, die sie dann auf mein Zimmer tragen soll."

„Soll ich sie nicht gleich selbst hinauf tragen, meine geehrte Lady Baker?" fragt Miß Prior.

Bedford aber sieht seinen Untergebenen an und sagt:

„Thomas, sag' Bulkeley, Mylady's Diener, er solle Mylady's Sachen nehmen und Mylady's Zofe geben."

Es lag etwas Sarkastisches, ja sogar Etwas, was wie Parodie klang, in Monsieur Bedford's Tone, dennoch aber war sein Benehmen vollkommen ernst und ehrerbietig.

Sich emporrichtend und mit einer Geberde, ich weiß nicht, ob der Höflichkeit oder des Trotzes, entfernt sich Lady Baker, gefolgt von dem Pagen, welcher die Schachteln, Shawls, Pakete, Sonnenschirme und Gott weiß was sonst noch Alles trägt. Der liebe kleine Popham steht auf dem Kopfe, während Großmama das Zimmer verläßt.

„Mach' keine solchen gemeinen Possen!" ruft die kleine Cissy, die bei ihrem Bruder fortwährend die Stelle eines Mentor zu vertreten sucht.

7*

„Du haſt mir gar Nichts zu befehlen," ſagt Pop und zieht ihr Geſichter.

„Du kennſt Dein Zimmer, Batchelor, nicht wahr?" fragt mich der Herr des Hauſes.

„Mr. Batchelor hat wieder ſein altes Zimmer, allemal das blaue," ſagt Bedford, indem er mich ſehr freundlich anſieht.

„Bringt uns," ruft Lovel, „eine Flaſche von jenem Sau'—"

„. . . . terne, Mr. Batchelor trank dieſen am liebſten — Chateau Yquem. Ganz recht!" ſagt Mr. Bedford. „Wie wünſchen Sie die Steinbutten, die Sie mitgebracht haben, zugerichtet? Mit holländiſcher Sauce — ſoll Hummerſalat gemacht werden? Mr. Bonnington iſt ein Freund von Hummerſalat," ſagt Bedford.

Pop trommelt mittlerweile dem Kellermeiſter auf dem Rücken herum. Es iſt augenſcheinlich, daß Mr. Bedford eine Perſon iſt, welche in dieſer Familie mancherlei Vorrechte genießt. Da er ſeinen Poſten vor mehrern Jahren auf meine Empfehlung erhalten hatte und ſeit dieſer Zeit ſtets Lovel's treuer Diener, Kellermeiſter und Majordomus geweſen war, ſo

waren Bedford und ich stets güte Freunde, so oft
wir uns begegneten.

„Apropos, Bedford, warum war mir die Chaise
nicht bis an die Brücke entgegengeschickt worden?"
ruft Lovel. „Ich mußte den ganzen Weg zu Fuße
machen, mit einem Ballschlägel und Tuschkasten für
Pop, mit dem Fischkorbe und der Schachtel für
Mylady's —"

„Hi! hi! hi!" schmunzelt Bedford.

„Hi! hi! hi! — verwünscht wäret Ihr mit
Eurem Gelache! Was steht Ihr hier und feixt?
Warum ist mir der Wagen nicht entgegengeschickt
worden, frage ich?" schreit der Herr des Hauses.

„Sie wissen es ja, Sir," sagt Bedford. „Sie
hätte den Wagen."

Und er zeigte auf die Thür, durch welche Lady
Baker so eben verschwunden war.

„Nun, warum schicktet Ihr mir dann nicht den
Phaëton?" fragt Bedford's Herr.

„Ihre Mama und Mr. Bönnington hatten den
Phaëton."

„Und warum sollten sie ihn nicht haben, möchte
ich wissen. Mr. Bonnington ist lahm, ich bin den
ganzen Tag über in meinem Geschäft. Ich möchte

wiſſen, warum ſie den Phaëton nicht haben ſollten," ſagt Lovel, zu mir gewendet.

Als wir vor Miß Prior's Erſcheinen plaudernd bei einander geſeſſen, hatte Lady Baker zu Lovel geſagt:

„Ihre Mutter und Mr. Bonnington kommen natürlich auch zu Tiſche, Mr. Frederick," und Lovel hatte geſagt: „Natürlich, natürlich!" — er gab jedoch dieſe Antwort in einem haſtigen, verdrießlichen Tone, deſſen Bedeutung ich nun erſt verſtand.

Dieſe beiden Frauen ſtritten nämlich mit einander um den Beſitz dieſes Kindes; wer aber war der Salomo, der ſagen konnte, welche es haben ſollte? Ich nicht. Ich miſche mich nicht in Dinge, die mich Nichts angehen. Ich lobe mir ein ruhiges Leben, lieben Freunde.

„Sie würden wohl thun, wenn Sie gingen und ſich ankleideten," ſagt Bedford in ſtrengem Tone, indem er ſeinen Herrn anſieht. „Es hat ſchon ſeit einer Viertelſtunde zum erſten Male geklingelt. Soll ich 34er bringen?"

Lovel ſtutzte und ſah nach der Uhr.

„Du biſt ſchon fertig, lieber Freund, wie ich

sehe," sagte er zu mir. „Nicht wahr, Du bleibst einige Zeit da?"

Und er verschwand, um sich in seinen schwarzen Frack und steifen Hemdkragen zu werfen.

Auf diese Weise blieb ich allein mit Miß Prior und ihren kleinen Zöglingen, die sofort wieder ihre kindischen Spiele und Zwistigkeiten begannen.

„Meine liebe Bessy!" rufe ich aus, indem ich ihr beide Hände entgegenstrecke; „ich freue mich herzlich, daß — "

„Ne m'appellez que de mon nom paternel devant tout ce monde s'il vous plaît, mon cher ami, mon bon protecteur!" sagt sie hastig in sehr gutem Französisch, indem sie die Hände faltet und mir einen Knix macht.

„Oui! oui! oui! Parlez-vous français? J'aime, tu aimes, il aime!" ruft der liebe kleine Popham. „Wovon sprecht Ihr? Da kommt der Phaëton!"

Und der liebe Kleine rennt durch die offenstehende Glasthür hinaus auf den Rasenplatz, wohin ihm seine Schwester folgt und wo wir den Wagen mit Mr. und Mistreß Bonnington über den glatten Weg rollen sehen.

Bessy kommt nun auf mich zu und giebt mir

bereitwillig die Hand, welche sie mir kurz zuvor
verweigert.

„Ich hätte nicht geglaubt, daß Sie mir sie verweigern würden, Bessy," sagte ich.

„Ich sollte sie dem besten Freunde verweigern,
den ich jemals gehabt!" sagt sie, mir die Hand
drückend. „Ach lieber Mr. Batchelor, was für ein
undankbares Menschenkind müßte ich dann sein!"

„Lassen Sie mich einmal Ihre Augen sehen.
Warum tragen Sie eine Brille? Sie trugen ja in
Beak Street keine," sagte ich.

Ich war dem Mädchen sehr gewogen. Sie
hatte sich mir auf tausenderlei Weise lieb und werth
gemacht. In Folge der Handlungsweise einer gewissen Person ist mein Herz vielleicht eine Ruine — ein
Persepolis — ein vollkommenes Tadmor. Aber was
thut das? Kann nicht ein Reisender unter den zer-
trümmerten Säulen ausruhen? Kann nicht ein
arabisches Mädchen hier schlafen, bis der Morgen
dämmert und die Karawane weiter zieht?

Ja, mein Herz ist ein Palmyra, und einst bewohnte mich eine Königin. (O Zenobia, Zenobia,
wenn ich bedenke, daß Du gefangen hinweggeführt
worden bist und zwar von einem O'D.!)

Jetzt bin ich allein, allein in der einsamen Wüstenei.

Nichtsdestoweniger aber, wenn ein Fremder mich besucht, so habe ich einen frischen Quell für seine müden Füße und ich laß' ihn die Kühle meines Schattens genießen.

Laß Deine Wange eine Weile ausruhen auf meinem Marmor, junges Mädchen — dann geh Deines Weges weiter und verlaß mich.

So, oder ungefähr so dachte ich, als zur Antwort auf meine Bemerkung: „Lassen Sie mich Ihre Augen sehen." Beffy ihre Brille abnahm und ich sie ansah. Warum sagte ich nicht zu ihr:

„Meine liebe muthige Elisabeth! An Ihrem Gesichte sehe ich, daß Sie furchtbar gelitten haben. Ihre Augen sind unergründlich traurig. Wir, die Eingeweiheten, kennen die Mitglieder unserer Brüderschaft. Wir haben Beide Schiffbruch gelitten und sind an diese Küste geworfen worden. Lassen Sie uns Hand in Hand gehen und gemeinschaftlich irgendwo eine Grotte und ein Obdach suchen."

Ich frage, warum sagte ich dies nicht zu ihr? Sie wäre gekommen. Ich bin überzeugt, daß sie gekommen wäre. Wir wären dann gleichsam halb vereinigt gewesen. Wir hätten das Gemach in unsern beiden Herzen, wo das Gerippe stand, verschlossen und Nichts weiter davon gesprochen, und die Scheidewand heruntergezogen und unsern Thee im Garten getrunken.

Es wäre das besser gewesen, als diese dumpfige Einsamkeit mit einer mürrischen Aufwärterin, welche mich anschnauzt.

Aber wie stand es mit Bessy? Nun — vielleicht wäre es auch für sie besser gewesen.

Ich entsinne mich, daß diese Gedanken mir durch den Kopf gingen, während ich die Brille in der Hand hielt. Und an welche eine Menge andere Dinge dachte ich noch außerdem!

Ich entsinne mich, daß zwei Canarienvögel in ihren Käfigen ein fürchterliches Concert machten. Ich entsinne mich der Stimme der beiden Kinder auf dem Rasenplatze, des Geräusches der über den Kies hinwegknirschenden Wagenräder, und dann schlug eine alte bekannte Stimme an mein Ohr und rief:

„Ah, Mr. Batchelor, sind S i e hier?"

Und ein schlaues Gesicht blickt unter einem alten Hute hervor zu mir auf.

„Es ist meine Mama," sagt Bessy.

„Und ich komme, um mit Elisabeth und den lieben Kindern Thee zu trinken, während Sie bei Tische sitzen, mein lieber Mr. Batchelor. Ach, wie dankbar bin ich Ihnen noch für all' das Gute, was Sie uns erzeigt haben! — Ach, mein Himmel, da ist ja auch Mistreß Bonnington! Wie munter und gesund Sie aussehen — gerade als ob Sie zwanzig Jahre alt wären. Und der gute Mr. Bonnington! O, Sir, ich bitte — ich muß Ihnen die Hand drücken. Welch' eine herrliche Predigt war es, mit welcher Sie uns vergangenen Sonntag beglückten! Ganz Putney schwamm in Thränen."

Und die kleine Frau ergreift, ihre magern Arme ausstreckend, die feiste Hand des stattlichen Mr. Bonnington, während er und die freundliche Mistreß Bonnington zu der offenen Glasthür hereingehen. Die kleine Frau scheint Lust zu haben, die Honneurs des Hauses zu machen.

„Wollen Sie nicht hinaufgehen und Ihre Haube aufsetzen? Ach, mein Himmel, dieses reizende Band! Wie gut Ihnen doch Blau steht! Ich sage es auch immer zu Elisabeth!" ruft sie, indem sie zugleich in ein kleines Paket lugt, welches Mistreß Bonnington in der Hand trägt.

Nachdem diese Dame freundliche Worte und
Begrüßungen mit mir gewechselt, zieht sie sich zurück,
um die reizende Haube aufzusetzen, während ihr
kleiner Adjutant ihr folgt.

Der stattliche Geistliche mustert seine angenehme
Persönlichkeit in dem geräumigen Spiegel.

„Ihre Sachen sind in dem alten Zimmer —
wollen Sie nicht hineingehen und sich ein wenig
zustutzen?" flüstert Bedford mir zu.

Ich muß auch gehen, obschon ich für meine
Person bis jetzt geglaubt hatte, daß die Fahrt auf
dem Dache des Putney-Omnibus kein Zustutzen nöthig
gemacht habe, denn meine Kleider waren dadurch
gelüftet worden und meine jugendlichen Wangen
hatten dadurch eine frische und angenehme Blüthe
erhalten.

Mein altes Zimmer, wie Bedford es nennt,
ist jenes gemüthliche Stübchen, welches durch Doppelthüren mit dem Salon in Verbindung steht und
von wo man durch die Fenster hinaus gleich auf
den Rasenplatz sehen kann.

„Hier sind Ihre Bücher; hier ist Ihr Schreib-
papier," sagt Bedford, indem er mir in das Zimmer
voranschreitet. „Es ist ein wahrer Augentrost, Sie

hier wiederzusehen, Sir. Sie können jetzt auch rauchen. Clarence Baker raucht auch, wenn er kommt."

Und die Augen des guten Mannes strahlen mich freundlich an, während er mir zunickt und sich dann entfernt, um seinen Pflichten wegen Herrichtung der Tafel zu genügen.

Natürlich hast Du, lieber Leser, schon errathen, daß dieser Bedford mein Druckerjunge aus früheren Zeiten war. Er ist ein höchst sonderbarer Mensch! Ich war nicht blos freundlich gegen ihn gewesen, sondern er war auch dankbar.

Drittes Kapitel.

Worin ich den Spion spiele.

Das Zimmer, in welches Bedford mich führte, ist meiner Ansicht nach das allerangenehmste in dem ganzen Hause Shrublands. Auf diesem bequemen, kühlen Junggesellenbette zu liegen und die Vögel auf dem Rasenplatze herumhüpfen zu sehen, am frühen Morgen zum Fenster hinauszugucken, die milde erfrischende Luft einzuathmen, den Thau auf dem Grase zu betrachten, den kleinen gefiederten Sängern zuzuhören, in Schlafrock und Pantoffeln hinauszuschlendern, eine Erdbeere vom Beete oder eine Aprikose vom Baume zu pflücken, einen, zwei, drei oder ein halbes Dutzend Züge Cigarre zu rauchen, die ehrwürdigen Thürme von Putney die sechste Stunde schlagen zu hören — es sind folglich noch

drei Stunden bis zum Frühſtück — und dann wieder
in's Bett hineinzuhuſchen mit einem hübſchen Romane
oder einem Journal, um — Du ſieh'ſt, lieber Leſer,
ich bin nicht boshaft, ſonſt könnte ich mit leichter
Mühe hier den Namen irgend eines langweiligen
Schriftſtellers nennen, auf den ich einen Groll habe
— wieder in's Bett hineinzuhuſchen, ſage ich, mit
einem Buche, um ſich wieder in jenen herrlichen,
unſchätzbaren zweiten Schlaf zu leſen, durch welchen
Geſundheit, frohe Laune und Appetit auf ſo erſtaun-
liche Weiſe befördert werden — alles Dies halte ich
für die angenehmſten und harmloſeſten Vergnügun-
gen, und ich habe ſie in Shrublands oft und mit
dankbarem Herzen genoſſen.

Dieſes Herz kann ſeine Kümmerniſſe gehabt
haben, deßwegen aber iſt es immer noch empfänglich
für Genuß und Troſt. Dieſe Bruſt kann zerfleiſcht
worden ſein, aber deßwegen iſt ſie nicht hinfort jedem
Troſte fremd.

Nach einem gewiſſen Vorfalle in Dublin —
oder vielmehr ſehr bald darauf, ungefähr drei
Monate — machte ich, wie ich mich entſinne, zu
mir ſelbſt die Bemerkung: „Wohlan, ich danke dem

Himmel, ich finde noch Genuß und Wohlgeschmack
an 34er Claret."

Einmal, als ich in Shrublands war, hörte
ich des Nachts oben über mir auf- und abmarschiren
und das schwache, aber unausgesetzte Winseln eines
kleinen Kindes. Ich erwachte aus dem Schlafe, war
ärgerlich, wälzte mich aber auf die andere Seite und
schlief wieder ein. Biddlecombe, der Advocat, war,
wie ich wußte, Bewohner dieses obern Zimmers.
Als er am Morgen herunterkam, sah er elendiglich
gelb um die Wangen und schwarzgrün um die
Augen herum. Sein zahnendes Kind hatte ihn die
ganze Nacht in Bewegung erhalten, und seine Frau,
erzählt man mir, zankt sich fortwährend mit ihm.
Er mumpelte blos ein paar Bissen hinunter und
fuhr mit dem ersten Omnibus wieder in die Stadt
nach seinem Bureau. Ich schälte mir ein zweites
Ei; ich kostete vielleicht noch zwei oder drei andere
nette kleine Dinge auf dem Tische (Straßburger
Gänseleberpastete ist für mich allemal eine unwider-
stehliche Verlockung, und ich bin überzeugt, daß sie
auch vollkommen gesund und zuträglich ist). In
dem gegenüberhängenden Spiegel konnte ich mein

eigenes holdes Antlitz beschauen, und meine Backen
waren so roth wie frischer Lachs.

„Na," dachte ich, als der Jurist auf dem Dache
des Omnibus verschwand, „dieser Mann hat domus
und placens uxor — aber ist sie auch placens?
Placetne die ganze Nacht mit einem schreienden Kinde
hin und her zu marschiren? Ist es angenehm, nach
einem langen schweren Tagewerke zu Bett zu gehen
und sich von seiner Frau die Ohren vollnörgeln zu
laffen, weil sie nicht mit zu der Soirée der Lady
Kanzlerin eingeladen worden ist?

„Gesetzt, die Glorvina, welche Du so liebtest,
wäre die Deinige geworden. Ihre Augenbrauen
sahen ganz so aus, als ob sie dieselben runzeln
könnte, und ihre Augen schienen fähig zu sein, vor
Zorn zu funkeln. Bedenke, was für eine Ohrfeige
sie dem kleinen Kellner gab, weil er ihr aus Versehen
ein wenig Brühe auf's Kleid gegossen? Gesetzt, ein
kleiner Batchelor, Dein Sohn, hätte in Deinem
Schlafzimmer die ganze Nacht Zahnschmerzen?"

Diese Gedanken gingen mir rasch durch den
Kopf, als ich mich dem Genuffe des vor mir stehen-
den behaglichen Mahles hingab.

„Aber was für eine Menge Butterhörnchen Du

essen kannst!" rief der unschuldige Lovel; „der ver-
heirathete reiche Biddlecombe genoß blos einen Bissen
trocknen, gerösteten Brotes."

„Ah," sagst Du, lieber Leser, „dieser Mensch
tröstet sich nach seinem Unglücke."

O Du Neidhammel, mißgönnst Du mir den
Trost?

„Ja, wenn Sie die Güte haben wollen, meine
liebe Miß Prior. Noch eine Tasse und recht viel
Sahne, wenn ich bitten darf."

Lady Baker war natürlich nicht mit zugegen,
als ich beim Frühstücke sagte: „Liebe Miß Prior."
In Gegenwart von Mylady war ich stets stumm
wie eine Maus.

Elisabeth fand Gelegenheit, mir während des
Tages in ihrer schüchternen Weise zuzuflüstern:
„Dies ist eine sehr seltene Gelegenheit. Lady Baker
läßt mich nie allein mit Mr. Lovel frühstücken, macht
aber jetzt wahrscheinlich ein Extraschläfchen, weil
Sie und Mr. und Mistreß Biddlecombe hier waren."

Es ist möglich, daß eine der Doppelthüren des
Zimmers, welches ich bewohnte, zuweilen offen stand,
und daß Mr. Batchelor's Augen und Ohren ungewöhnlich scharf sind und eine Menge Dinge bemerken,

welche von weniger beobachtenden Leuten niemals entdeckt oder beachtet werden. Ich aber bewachte aus diesem Zimmer, welches ich für einige Tage bewohnte, jetzt und später wie aus einem kleinen Hinterhalte das Thun und Treiben des Hauses, und bekam einen merkwürdigen kleinen Einblick in die Geschichte und Charaktere der Personen, die mich umgaben.

Die beiden Großmütter von Lovel's Kindern dominirten über diesen gutmüthigen Mann, wie Frauen — nicht blos Großmütter, sondern auch Schwestern, Tanten, Ehefrauen und Töchter, wenn sie Gelegenheit dazu haben — zu dominiren pflegen. Ach, Glorvina, was wäre vielleicht aus Dir geworden, wenn Du Mr. Batchelor zu Deinem Lebensgefährten gewählt hättest! (Ich bemerke dies aber blos mit einem Seufzer und in Parenthese.)

Die beiden Kinder hatten sich jedes neben eine Großmutter gesetzt, und während Mr. Pop von seiner mütterlichen Großmutter für einen Baker durch und durch erklärt ward und sie ihn die Zuckerbäckerei und den Handel verachten lehrte, war die kleine Cäcille oder Cissy Mistreß Bonnington's Günstlingin, declamirte geistliche Gedichte mit einer erstaunlichen

8 *

Frühreise; erklärte, sie werde einmal keinen andern
Mann heirathen, als einen Geistlichen, hielt ihrem
Bruder und ihrer Wärterin kindische Predigten über
die Eitelkeit alles Irdischen und langweilte mich, die
Wahrheit zu gestehen, durch die außerordentliche
Selbstachtung, womit sie ihre eigenen Tugenden
betrachtete.

Die alten Damen hegten zu einander jene Liebe,
die, wie man sich leicht denken kann, durch ihre
beiderseitige Stellung erzeugt ward.

Ueber den blutenden und hülflosen Körpern
Lovel's und seines würdigen und gutmüthigen Stief-
vaters Mr. Bonnington scharmützelten sie und feuerten
Schüsse auf einander ab. Lady Baker ließ allerlei
Winke über zweite Heirathen und zweite Familien
und dergleichen fallen, wobei Mistreß Bonnington
natürlich, sich getroffen fühlend, zusammenzuckte.

Dennoch aber gewann sie über Lady Baker die
Oberhand und zwar in Folge der notorischen pecu-
niären Unregelmäßigkeiten der Letztern. Sie hätte
niemals Zuflucht zu der Börse ihres Sohnes genommen, das könnte sie mit gutem Gewissen sagen. Sie
scheue sich nicht, irgend einem Gewerbsmanne in
Putney oder London zu begegnen; sie sei bei Lebzeiten

der verstorbenen Cäcilie niemals aus dem Hause ge-
wiesen worden; sie könne nach Boulogne gehen
und dort die frische Luft genießen.

Das war die furchtbare Peitsche, welche sie
über Lady Baker schwang. Letztere war in Folge
des Ausbleibens von Rimessen einmal zu Schuldarrest gebracht worden, und zwar gerade zu der Zeit,
wo sie sich mit ihrer Tochter heftig entzweiet, und
der gute Mr. Bonnington hatte ihr herausgeholfen.

Woher wußte ich das? Bedford, Lovel's
Factotum, erzählte es mir und daß die alten Damen
sich mit einander herumbissen wie die Katzen.

Einen Punkt jedoch gab es, hinsichtlich dessen
die alten Damen mit einander einverstanden waren.
Wir wissen, daß ein reicher Wittwer, der noch jung
ist, gut aussieht und ein gutes Gemüth hat, zuweilen eine Frau finden kann, welche seine Einsamkeit tröstet und seine mutterlosen Kinder in ihren
Schutz nimmt. Von dem benachbarten Heath, von
Wimbledon, Roehampton, Barnes, Mortlake, Rich-
mond, Esher, Walton, Windsor, ja von Reading,
Bath, Exeter und selbst Pensance oder von irgend
einer andern Gegend Britanniens, welche es Deiner
Phantasie zu durchreisen beliebt, wären Familien

mit lieben jungen Mädchen bereitwillig herbeige-
kommen, um das künftige Glück dieses Mannes in
ihre Obhut zu nehmen, aber es ist Thatsache, daß
diese beiden alten Drachen alle jungen Damen von
ihrem Mündel fernhielten.

Ein unverheirathetes Frauenzimmer von an-
ständigem hübschen Aussehen erhielt schwerlich Zutritt
über die Schwelle von Shrublands. Wenn eine
solche sich zeigte, so machten Lovel's beide Mütter
sofort einen Ausfall und zerschlugen ihr die Knochen.

Ein oder zwei Mal wagte er bei seinen Nach-
barn zu diniren, die beiden alten Damen aber ver-
bitterten ihm dann das Leben dermaßen, daß der
arme Mann sehr schnell diese Gewohnheit wieder
aufgab und mit matter Stimme erklärte, zu Hause
sei es ihm lieber.

„Mein lieber Batchelor," sagte er zu mir, „was
kümmere ich mich um die Diners der Leute, die hier
herum wohnen? Hat Eins von ihnen wohl einen
bessern Koch oder bessern Wein als ich? Wenn ich
aus dem Geschäfte nach Hause komme, ist es eine
unerträgliche Qual, sich erst ankleiden und sieben
oder acht Meilen weit fahren zu sollen, um dann
kalte Schüsseln, verfälschten Claret und süßen Port-

wein zu genießen. Ich kann das nicht — ich mag
es nicht," ruft er aus und stampft dazu entschloffen
mit dem Fuße. „Ich lobe mir ein bequemes Leben,
einen Weinhändler, dem ich trauen kann, und meine
Freunde an meinem eigenen Herde. Wollen wir
noch ein wenig beisammen bleiben? Ich glaube, ein
Fläschchen können wir Drei schon noch zwingen,
meinen Sie nicht, Mr. Bonnington?"

„Nun," sagt Mr. Bonnington, den purpur-
rothen Pokal anblinzelnd, „ich für meine Person
habe Nichts dagegen, Frederick."

„Der Kaffee ist aufgetragen, Sir!" ruft Bedford
eintretend.

„Na — vielleicht haben wir auch so genug,"
sagt der würdige Bonnington.

„Ja, wir haben auch wirklich genug — wir
trinken Alle zu viel," sagt Lovel rasch. „Wollen
wir zum Kaffee gehen?"

Wir gehen in den Salon. Fred und ich und
die beiden Damen setzen sich zu einem Robber Whist
nieder, während Miß Prior eine Composition von
Beethoven zu einem leichten Trilleraccompagnement
vor Mr. Bonnington's schöner Nase spielt, denn er
ist über der Zeitung eingeschlafen.

Während unseres Kartenspiels schleicht Bessy
wie ein grauer Schatten aus dem Zimmer hinaus.
Bonnington erwacht, wenn das Theebret hereinge-
bracht wird. Lady Baker liebt diese gute alte Gewohnheit — es war dies stets in dem Schlosse zu
Dublin so Gebrauch und sie trinkt auch ein tüchtiges
Glas Negus. Wir thun dies Alle und die Conversation ist ziemlich heiter, und Fred Lovel spricht die
Hoffnung aus, daß ich diese Nacht besser schlafen
werde, und macht allerhand Witze über den armen
Biddlecombe und die Art und Weise, auf welcher
dieser ausgezeichnete Jurist unter dem Pantoffel
seiner Frau steht.

Von meinem Junggesellenstübchen im Parterre
aus, oder in Folge meiner einsamen Spaziergänge
im Garten, von wo ich viele Dinge im Hause über-
schauen konnte, oder in Folge von Bedford's Mit-
theilungen, die sehr freundlich, interessant und rück-
haltlos waren, oder in Folge meiner eigenen Beobach-
tungen fand ich allmählich die Geheimnisse von
Shrublands für mich nicht mehr geheimnißvoll, und
gleich einem zweiten diable boiteux sah ich in eine
ziemliche Anzahl der Zimmer von Shrublands hinein,

weil ihre Decken für mich gleichsam hinweggenommen waren.

So fand ich zum Beispiel gleich an diesem ersten Tage meines Verweilens, während die Familie sich zum Diner ankleidete, zufällig zwei geheime Schränke des Hauses unverschlossen, deren Inhalt mir auf diese Weise offenbar ward.

Pinhorn, das Kindermädchen, ein flatterhaftes kleines Ding mit einer rothen Bänderhaube, brachte einige Toilettengegenstände in mein Zimmer und vergaß, als sie sich entfernte, die Thür hinter sich zuzumachen.

Ich hätte vielleicht geglaubt, dieser schnippische kleine Kopf sei niemals dazu geschaffen worden, von Sorgen gefoltert zu werden, aber ach, die schwarze Sorge sitzt hinter dem Reiter, wie Horaz sagt, und nicht blos hinter dem Reiter, sondern auch hinter dem Fußgänger, und nicht blos hinter dem Fußgänger, sondern auch auf den stämmigen Schultern der Zofe.

So war es auch mit der Pinhorn. Gewiß hast Du, lieber Leser, in Bezug auf Dienstboten schon bemerkt, daß sie Dich in einem ganz affectirten und unnatürlichen Tone anreden, und wenn sie unter

einander sind, Stimmen und Geberden annehmen,
welche gänzlich verschieden von denen sind, die ihre
Dienstherren hören und sehen. Nun war dieser
kleinen Pinhorn bei ihrem gelegentlichen Verkehre
mit mir ein rasches, lebhaftes, unruhiges Empor-
werfen des Kopfes und ein munteres Wesen eigen,
welches ohne Zweifel im Stande war, gewisse Leute
vortheilhaft einzunehmen.

Was mich betrifft, so haben Verlockungen, die
von Personen dieser Klasse ausgehen, nur geringe
Gewalt über mich. Wenn die Venus mir ein
Schlafzimmerlicht und eine Kanne heißes Wasser
brächte, so würde ich ihr ihren Sixpence geben und
weiter Nichts. Da ich nämlich Alles, was ich besaß,
jener Person gegeben habe — — doch bah! kommen
wir nicht wieder auf diese alte Geschichte zurück.

Also, jene kleine Pinhorn war vielleicht eine
Kokette, aber ich nahm nicht mehr Notiz von ihr,
als wenn sie eine Kohlenschaufel gewesen wäre.

Wir wollen einmal annehmen, sie sei wirklich
eine Kokette gewesen. Gesetzt, sie hätte unter der
Maske des Leichtsinns einen tiefen Herzenskummer
verborgen. Glaubst Du, sie sei die Erste gewesen,
die dies je gethan? Glaubst Du, weil sie fünfzehn

Pfund jährlich und überdies ihren Thee, Zucker und
ihr Bier bekam und ihrer Herrschaft Flausen vor-
machte, sie habe kein Herz gehabt?

Sie verließ das Zimmer mit einer großen
Steppdecke über dem Arme und warf mir verliebte
Blicke zu, in dem nächsten Zimmer aber hörte ich
ihre Stimme ganz verändert und auch noch eine
zweite veränderte Stimme — obschon nicht so sehr
verschieden — von welcher sie befragt ward.

Es war die Stimme meines Freundes, Dick
Bedford, welche, wenn er die Personen anredete, die
das Schicksal zu seinen Vorgesetzten gemacht, mürrisch
und kurz war. Er schien stets zu wünschen, sich
seiner Worte so schnell als möglich zu entledigen,
und sein Ton schien allemal anzudeuten: „Das ist
mein Auftrag und ich habe ihn ausgerichtet, aber
Du weißt vollkommen wohl, daß ich eben so gut
bin als Du.“

Und das war er auch und ich räumte es stets
ein, ja selbst die zitternde, hastige, argwöhnische
Lady Baker räumte es ein, wenn sie mit diesem
Manne in Mittheilung kam. Dieser kleine Dick kam
mir fast vor wie Swift mit Sir William Temple

oder Spartacus, als er noch der Diener des glücklichen Römers war, der ihn sein Eigenthum nannte.

Wenn nun Dick seinen Vorgesetzten gegenüber intelligent, gehorsam, nützlich, blos nicht rebellisch war, so sollte ich meinen, er sei unter seines Gleichen ein keinesweges angenehmer Gesellschafter gewesen, und die Meisten hätten ihn wegen seiner Arroganz, seiner Ehrlichkeit und der Verachtung, die er gegen sie Alle hegte, gehaßt.

Die Frauen hassen aber nicht allemal einen Mann deßwegen, weil er sie verachtet und gering-schätzt. Die Frauen empören sich nicht gegen die Rauhheit und Arroganz der Männer, ihrer natür-lichen Vorgesetzten. Die Frauen legen sich, wenn sie gehörig dressirt sind, auf Geheiß ihres Herrn ihm zu Füßen und lecken die Hand, welche sich oft empor-gehoben hat, um sie zu schlagen.

Ich sage nicht, daß der wackere kleine Dick Bedford jemals wirklich die Hand gegen diese arme Zofe gehoben habe, aber seine Zunge peitschte sie, sein Benehmen trat sie mit Füßen, und sie weinte und kam zu ihm gekrochen, sobald er nur die Finger emporhob. In dieser Beziehung lasse ich mir nichts Anderes weiß machen. Wer eine ruhige, zufriedene,

geregelte Häuslichkeit und Alles um sich herum behaglich haben will, der muß seine Weibsleute auf diese
Weise behandeln.

Also, Bedford ist zufällig in dem Nebenzimmer.
Es ist das Morgenzimmer in Shrublands. Man
kommt aus demselben in das Speisezimmer und
man pflegt hier das Dessert anzurichten, ehe man es
hinein auf die Tafel bringt. Bedford ist eben mit
dem Dessert beschäftigt, als die Pinhorn aus meinem
Zimmer bei ihm eintritt, und er läßt ein sarkastisches
Grunzen hören und sagt:

„Oho, ich glaube, Ihr sucht Euch an den da
drinnen zu machen.“

„O, Mr. Bedford, wer wüßte wohl besser als
Ihr, an wem mir Etwas liegt!“ sagt sie seufzend.

„Dummes Zeug!“ bemerkt Mr. Bedford.

„Ach, Richard!“ Hier weint sie.

„Laßt meine Hand los! Laßt meine Hand los,
sage ich!“

Was konnte sie gethan haben, um einen solchen
Ausruf zu veranlassen?

„O, Richard, nicht Eure Hand will ich — ich
will Euer Herz, Richard!“

„Mary Pinhorn,“ ruft der Andere aus, „was

soll dieses Spiel nützen? Ihr wißt, daß wir einmal nicht glücklich zusammen sein könnten — Ihr wißt, daß Eure Gedanken nicht gut sind, Mary. Es ist nicht Eure Schuld, ich mache Euch deßwegen keinen Vorwurf. Manche Leute sind gescheidt geboren, manche sind von Natur groß und lang — ich bin nicht lang."

"O für mich seid Ihr groß genug, Richard."

Hier fand Richard wieder Veranlassung auszurufen: "Laßt mich gehen, sage ich! Wenn nun Lady Baker hereinkäme und sähe, daß Ihr mir auf diese Weise die Hand drückt! Also, wie ich sagte, manche Leute sind mit viel Gehirn geboren, Miß Pinhorn, andere wieder mit wenig. Seht einmal diesen Esel Bulkeley, Lady Baker's Lakai, an. Er ist so groß wie ein Leibgardist und er hat nicht mehr Kultur oder Bildung als das Rindfleisch, von welchem er sich mästet."

"Ach, Richard, was meint Ihr damit?"

"Ach, wie wollt Ihr denn verstehen, was ich meine? Legt die Bücher gerade — die Bände neben einander und dann die Papiere, und macht dann den Tisch fertig zum Thee für die Kinder und wischt nicht so an den Augen herum!"

„Ach, Euer Herz ist ein Stein — ein Stein — ein Stein!" ruft Mary in Thränen ausbrechend. „Und ich wünschte, es würde mir an den Hals gehängt und ich läge auf dem Boden des Brunnens und" — da klingelt es oben!

Und auf dieses Signal verschwand Mary, glaube ich, denn ich hörte blos eine Art Grunzen von Mr. Bedford, dann das Klappern von Tellern, das Hin- und Herschieben von Stühlen und Möbels, und dann trat kurzes Schweigen ein, welches dauerte bis zum Eintritte von Dick's Untergebenem, welcher den Tisch zum Thee für die Kinder und Miß Prior zurecht machte.

Es war dies sonach eine alte Geschichte, die wieder einmal auf's Neue erzählt ward. Es handelte sich um unvergoltene Liebe und ein verwundetes und unglückliches kleines, leidenschaftliches Herz. Meine arme kleine Mary! So wahr ich ein armer sündhafter Mensch bin, ich gebe Dir, wenn ich fortgehe, eine Krone und nicht ein paar Schillinge, wie ich sonst zu thun gepflegt. Fünf Schillinge werden Dich nicht sehr trösten, aber doch ein wenig. Du wirst nicht glauben, daß ich Dich mit irgend einem geheimen bösen Gedanken besteche, nicht wahr nicht?

Fort! fort! hinweg! „Ich habe genossen das irdische Glück — ich habe — geliebt!"

Gerade in diesem Augenblicke mußte Mistreß Prior in das Zimmer getreten sein, denn obschon ich nicht ihren geräuschlosen Tritt hörte, so vernahm ich doch ganz deutlich ihre etwas heisere Stimme, welche sagte:

„Guten Tag, Mr. Bedford! Ach, mein Himmel! wie viele, viele Jahre kennen wir einander. Wenn ich an den hübschen kleinen Druckerburschen denke, welcher zu Mr. Batchelor zu kommen pflegte, und nun sehe ich Euch zu einem so schönen Manne herangewachsen."

Bedford. „Wie? Ich messe ja blos fünf Fuß vier Zoll."

Mistreß Prior. „Aber was habt Ihr für eine schöne Figur, Bedford! Ihr seid — Ihr seid stark, und ich bin schwach. Ihr seid gesund und wohl, und ich bin müde und matt."

Bedford. „Der Thee wird sogleich kommen, Mistreß Prior."

Mistreß Prior. „Könntet Ihr mir vielleicht vorher ein Glas Wasser geben — und vielleicht ein wenig Sherry hinein, wenn Ihr so gut sein wollt?:

O ich danke Euch. Wie gut er ist! Wie das neue Kräfte giebt! Wie geht es denn jetzt mit Eurem Husten, Bedford? Ich habe Euch einige Bonbons mitgebracht, die sehr gut dagegen sind. Es sind dieselben, welche Sir Henry Halford meinem armen Manne in seiner letzten Krankheit verschrieb und —"

Bedford (kurz). „Ich muß gehen — laffen wir den Husten jetzt sein, Mistreß Prior."

Mistreß Prior. „Was ist denn das da? Mandeln und Trauben, Macronen, eingemachte Aprikosen, Biskuits zum Dessert und — ach mein Gott — wie habt Ihr mich erschreckt!"

Bedford. „Lassen Sie das sein, Mistreß Prior! Ich bitte Sie inständig, lassen Sie Ihre Hände von dem Dessert. Ich kann es nicht zugeben. Wenn Sie es noch ein Mal thun, so muß ich es meinem Herrn sagen."

Mistreß Prior. „Ach, Mr. Bedford, ich that es blos für meine arme Kleine zu Hause. Der Doctor empfahl ihr Aprikosen. Ihr könnt mir glauben, lieber Bedford, er empfahl ihr sie wegen ihrer schwachen Brust."

Bedford. „Der Geier soll mich holen, wenn

Sie nicht auch wieder über der Sherry-Flasche
gewesen sind! O, Mistreß Prior, Sie treiben mich
zur Verzweiflung. Ich kann es nicht mit ansehen,
wenn mein Herr auf diese Weise betrogen wird. Sie
wissen, erst vorige Woche prügelte ich den Laufburschen
durch, weil ich behauptete, er hätte den Sherry ge-
stohlen, und Sie waren es gewesen."

Mistreß Prior (leidenschaftlich). „Für ein
krankes Kind, Bedford! Was thäte eine Mutter nicht
für ihr krankes Kind!"

Bedford. „Ihre Kinder sind immerwährend
krank. Sie heißen fast alle Tage Etwas für sie mit-
gehen. Ich sage Ihnen aber, ich kann und darf
dies nicht mehr leiden, Mistreß Prior."

Mistreß Prior (sehr muthig). „Nun so geht
und sagt es Eurem Herrn, Bedford. Geht und ver-
rathet mich. Geht und bringt es so weit, daß man
mich aus dem Hause weis't. Geht und bringt auch
meine Tochter aus dem Hause und ihre arme Mutter
in Unglück und Schande."

Bedford. „Mistreß Prior — Mistreß Prior!
Sie haben den Sherry genommen. Von einem

Glase wollte ich kein großes Aufhebens machen, aber Sie haben eine ganze Flasche mitgenommen."

Mistreß Prior (weinerlich). „Ich habe es für Charlotten gethan! Für meinen armen schwächlichen Engel; der Arzt hat es ihr verordnet, ich kann es Euch versichern."

Bedford. „Zum Henker mit Ihrer Charlotte! Ich leide es einmal nicht mehr und darf es nicht leiden!"

Hier unterbrach das Geräusch anderer ankommender Personen die Conversation zwischen Lovel's Haushofmeister und der Mutter der Gouvernante, und ich hörte gleich darauf Master Pop's Stimme sagen:

„Gehst Du mit uns zum Thee, Mistreß Prior?"

Mistreß Prior. „Deine Großmütter haben mich eingeladen, mein guter kleiner Popham."

Pop. „Aber nicht wahr, Du gingest lieber mit zu Tische? Bei Dir zu Hause giebt es gewiß verdammt wenig zu essen, nicht wahr, Mistreß Prior?"

Cissy. „Sage nicht verdammt. Das ist ein garstiges Wort, Popham!"

9 *

„Pop. „Ich will aber verdammt sagen —
verdammt! verdammt! verdammt! Da haſt
Du es! Und wenn ich will, ſo ſage ich noch viel
ſchlimmere Worte und Du hältſt den Mund. Was
giebt es zum Thee? Erdbeeren? Semmeln? Brezeln?
Dann bekommen wir auch wohl noch Etwas von
dem Deſſert, nicht wahr, Miß Prior?"

Miß Prior. „Was meinſt Du, Popham?"

Pop. „Nicht wahr, wir bekommen auch vom
Deſſert? Es ſind ja eine ganze Menge Delicateſſen
da — und Wein bekommen wir auch, nicht wahr?
Wenn Großmama ihre Geſchichte erzählt — von
meinem Großvater und König Georg dem Vierten —"

Ciſſy. „Beſtieg den Thron 1820, ſtarb in
Windſor 1830."

Pop. „Ach ſei ruhig mit Deinem Windſor!
Wenn Großmutter dieſe Geſchichte erzählt, dann
wird mir die Zeit allemal fürchterlich lang."

Ciſſy. „Es iſt ſehr ungezogen von Dir, auf
dieſe Weiſe von Deiner Großmama zu ſprechen,
Pop!"

Pop. „Ich ſage Dir, Du ſollſt den Mund
halten! Ich rede, was ich will. Ich bin ein Mann

und brauche nicht auf Dein dummes Zeug zu hören. Heda, Mary, gieb mir von der Marmelade!"

Cissy. „Du hast schon genug gegessen — Knaben dürfen nicht zu viel bekommen."

Pop. „Knaben können essen, was sie wollen. Knaben können zwei Mal so viel essen, als Mädchen. Da — ich mag gar Nichts mehr! Wer es vollends essen will, kann es thun."

Mistreß Prior. „Ei, das ist herrliche Marmelade. Ich kenne einige Kinder, welche —"

Miß Prior (bittend). „Mama, ich bitte Dich inständig —"

Mistreß Prior. „Ich kenne drei liebe Kinder, welche sehr selten so gute Marmelade und köstlichen Kuchen bekommen."

Pop. „Ich weiß, wen Du meinst — Du meinst August und Frederick und Fanny — Deine Kinder, nicht wahr? Wohlan, sie sollen auch Marmelade und Kuchen bekommen."

Cissy. „Ja, ich gebe ihnen auch die meinige."

Pop (welcher spricht, als ob er auf beiden Backen kaute). „Von der meinigen bekommen sie Nichts, aber sie können ja den andern Topf haben. Du

haſt ja immer einen Korb mit, Miſtreß Prior. Du
hatteſt ihn auch damals mit, wo Du das kalte Huhn
mitnahmſt.“

Miſtreß Prior. „Für den armen blinden
ſchwarzen Mann. Ach wie dankbar war er gegen
ſeine lieben jungen Wohlthäter! Er iſt ein Menſch
und ein Bruder, und es war ſehr freundlich von
Dir, mein lieber kleiner Popham, daß Du ihm
Etwas ſchenkteſt.“

Pop. „Dieſer garſtige ſchwarze Bettler wäre
mein Bruder? Er iſt nicht mein Bruder!“

Miſtreß Prior. „Nein, in gewiſſer Beziehung
nicht. — Ihr beiden lieben Kinder habt die weißeſte
zarteſte Geſichtsfarbe von der Welt.“

Pop. „Ach ſchade auf die Geſichtsfarbe! Heda,
Mary, noch einen Topf Marmelade!“

Mary. „Ich weiß wirklich nicht, Maſter
Pop —“

Pop. „Ich will aber. Wenn Du mir keinen
gibſt, ſo ſchlage ich Alles kurz und klein.“

Ciſſy. „O Du garſtiger ungezogener Junge!“

Pop. „Halte Deinen Mund, Du dummes

Rädchen! Ich will noch einen Topf Marmelade, sage ich."

Mistreß Prior. „Thut ihm den Willen, Mary. Meine armen Kinder zu Hause werden dann auch Etwas davon bekommen."

Pop. „Hier ist Dein Korb, Mistreß Prior. Jetzt thue diesen Kuchen hinein und dieses Stück Butter und diesen Zucker oben darauf auf die Butter. Hurrah, hurrah! O wie lustig! Hier ist noch ein Stück Kuchen — doch nein, den will ich behalten. Höre, Mistreß Prior, sage August und Fanny und Fred, ich schickte es ihnen und es sollte ihnen niemals an Etwas fehlen, so lange als Frederick Popham Baker Lovel, Esquire, es ihnen geben kann. Wie gefiel August mein grauer Ueberrock?"

Miß Prior. „Du hast ihm doch nicht Deinen neuen Ueberrock gegeben?"

Pop. „Er gefiel mir nicht und deßhalb verschenkte ich ihn, und ich verschenke auch diesen da, wenn ich Lust habe, Sie haben mir gar Nichts zu befehlen, Miß Prior. Ich gehe jetzt in die Schule, und werde nun bald keine Gouvernanten mehr haben."

Mistreß Prior. „Ach das gute Kind! was für ein herrlicher Rock ist es und wie hübsch sieht mein armer Junge darin aus!"

Miß Prior. „Mutter, Mutter, ich bitte Dich — Mutter!"

Mr. Lovel tritt ein. „Ah, die Kinder sind schon beim Thee! Wie befinden Sie sich, Mistreß Prior? Ich glaube, wegen des Unterkommens für Ihren zweiten Sohn wird es sich machen, Mistreß Prior."

Mistreß Prior. „Der Himmel segne Sie — der Himmel segne Sie, mein lieber, gütiger Wohl-thäter. Halte mich nicht zurück, Elisabeth. Ich muß ihm die Hand küssen."

Und jetzt läutet es zum zweiten Mal und ich trete in das Morgenzimmer und sehe Mistreß Priors Korb schlau unter dem Tischtuch verborgen. Ihren Korb? — es ist ihr porte-manteau, ihr porte-bouteille, ihr porte-gâteau, ihr porte-pantalon, ihr porte-butin im Allgemeinen. Ich sah, daß jeden Tag, wo Mi-streß Prior Shrublands besuchte, sie eine nicht zu verachtende Ernte hielt. Ra, Boas war reich und diese die Ruthe nicht fürchtende Ruth war hungrig und arm.

Bei dem willkommenen Rufe der zweiten Glocke kamen auch Mr. und Miſtreß Bonnington zum Vor- ſchein — die Letztere in der neuen Haube, welche Miſtreß Prior bewundert hatte und jetzt mit einem Nicken lächelnder Wiedererkennung begrüßte.

„Meine werthe Miſtreß Bonnington — die Haube iſt wirklich reizend — ich ſagte es Ihnen ſchon,“ flüſtert Miſtreß Prior, und die Trägerin der blauen Bänder drehete ihr gutmüthiges freundliches Geſicht nach dem Spiegel und ſah, hoffe ich, keinen Grund, Miſtreß Prior's Aufrichtigkeit zu bezweifeln.

Was Bonnington betraf, ſo bemerkte ich, daß er ein kleines Schläfchen vor Tiſche gemacht hatte — ein Gebrauch, durch welchen, glaube ich, der Appetit befördert und der Verſtand auf eine gemüthliche Con- verſation bei Tiſche vorbereitet wird.

„Haben ſich die Kinder ganz artig betragen?“ fragt Papa die Gouvernante.

„Es giebt unartigere Kinder als dieſe, Sir,“ ſagt Miß Prior ſchüchtern.

„Na, mach ſchnell, daß Du zu Tiſche kommſt Papa — wir kommen hernach zum Deſſert,“ ruft Pop.

„Du willst doch nicht, daß wir ohne Deine Großmutter zu Tische gehen sollen?" fragt Papa.

Wie wäre es auch möglich gewesen, ohne Lady Baker zu diniren! Ich hätte es sehen mögen!

Mylady's Ankunft erwartend, gehen Papa und Mr. Bonnington an das offene Fenster und schauen hinaus auf den Rasenplatz und die Thürme von Putney, welche über die Mauer emporragen.

„Ach, meine gute Mistreß Prior," ruft Mistreß Bonnington, „meine Enkel sind sehr verzogen."

„Von Ihnen aber nicht, meine theure Mistreß Bonnington," entgegnet Mistreß Prior mit mitleidigem Blick. „Ihre lieben Kinder zu Hause sind ganz gewiß vollkommene Musterbilder von Artigkeit und Herzensgüte. Was macht denn Master Edward? Befindet er sich wohl? Und was machen Master Robert und Master Richard und der drollige kleine Master William? Ach, was für einen Himmelssegen haben Sie an diesen Kindern! Wenn ein gewisser eigensinniger kleiner Neffe von ihnen nur auch so wäre, wie sie!"

„Der ungezogene kleine Strick!" rief Mistreß Bonnington. „Wissen Sie, Mistreß Prior, mein

Enkel Frederick — (ich weiß nicht, warum man ihn hier in diesem Hause Popham nennt, oder warum er sich seines Vaters Namen schämt) — wissen Sie, daß Popham den weißen Halskragen meines Mannes, den er allemal in seinem großen Wörterbuch verwahrt, voll Tinte goß und sich mit meinem Richard prügelte, der drei Jahr älter ist als Popham, und daß er seinen eigenen Onkel schlug?"

„Himmlische Güte!" rief ich; „Sie wollen doch damit nicht sagen, Madame, daß Pop gewaltthätige Hand an seinen ehrwürdigen Verwandten gelegt hat?"

Ich fühle, daß mich Jemand leise am Rocke zupft. War es Miß Prior, die mich mahnte, der guten Mistreß Bonnington gegenüber nicht meinem Hange zum Sarkasmus Raum zu geben?

„Ich weiß nicht, warum Sie mein armes Kind einen ehrwürdigen Verwandten nennen," bemerkt Mistreß Bonnington. „Ich weiß, daß Popham sehr ungezogen gegen Richard war, und Robert wollte seinem Bruder beistehen, aber der garstige kleine Popham ergriff einen Stock, und mein Mann kam heraus und, denken Sie sich! Popham Lovel versetzte Mr. Bonnington einen Tritt auf das Schienbein und rannte ihm mit dem Kopfe gegen den Leib wie ein kleiner wilder Ziegenbock. Wenn Sie glauben, daß eine solche Aufführung Stoff zu Spott und Gelächter geben kann, so bin ich durchaus nicht Ihrer Meinung, Mr. Batchelor."

„Meine gute, liebe Mistreß Bonnington!" rief ich ihre Hand ergreifend, denn sie wollte anfangen zu weinen, und die keine Antwort zulassende Thräne im Auge des Weibes erweckt alle Mal eine ganz verwünschte Aufregung in meinem Gemüth. „Um Alles in der Welt möchte ich nicht Etwas sagen, was Sie verletzen oder kränken könnte, und was Popham betrifft, so versichere ich Ihnen auf mein Ehrenwort, daß meiner Ansicht nach diesem Knaben Nichts nützlicher wäre, als eine tüchtige Tracht Hiebe."

„Er ist verzogen, Madame, und wir wissen auch von wem," sagt Mistreß Prior. „Meine liebe Lady Baker, wie schön steht Ihnen doch dieses Roth!"

In der That kam gerade in diesem Augenblicke Lady Baker mit rothen Bändern getakelt hereingesegelt. Ihre umfangreiche Person war mit einer Menge Brochen, Spangen und anderm dergleichen Firlefanz herausgeputzt.

Und nachdem Mylady da war, meldete Bedford, daß das Diner aufgetragen sei, und Lovel reichte seiner Schwiegermutter den Arm, während ich den meinigen Mistreß Bonnington bot, um sie in das anstoßende Speisezimmer zu geleiten.

Die gutmüthige friedfertige Seele schloß auch sofort wieder Frieden mit mir. Wir aßen und tranken vom Besten, was Lovel's Küche und Keller zu liefern vermochte. Und Lady Baker erzählte uns ihre berühmte Anekdote von dem Kompliment, welches Georg der Vierte ihrem guten verstorbenen Manne Sir Georg gemacht, als seine Majestät Irland besucht hatte.

Als wir uns wieder in den Salon begaben, waren Mistreß Prior und ihr Korb verschwunden. Nachdem die hungrige Mutter den ganzen Tag der Jagd obgelegen, war sie mit ihrer Beute zu ihren ihr sehnsüchtig entgegenharrenden Jungen zurückgekehrt.

Elisabeth sah sehr bleich und schön aus, während sie lesend bei ihrer Lampe saß.

So beschlossen wir mit Whist und Theetrinken den zweiten Tag in Shrublands.

Allein schritt ich den mondhellen Gartenpfad auf und ab, als die Familie sich zur Ruhe begeben hatte, und rauchte meine Cigarre unter den ruhigen Sternen. Ich war seit einigen dreißig Stunden im Hause, und welches merkwürdige kleine Drama entwickelte sich vor mir! Welche Kämpfe und Leidenschaften waren hier innerhalb dieses kleinen Schauplatzes thätig — welche certamina und motus animorum!

Lovel kam mir vor wie ein gutmüthiger williger Gaul. Welch' eine Menge Verwandte, welchen Haufen Gepäck hatte er zu ziehen!

Wie thätig war die kleine Mistreß Prior, wie unverdrossen intriguirte, schmarotzte, schmeichelte und stiebitzte sie!

Und die ruhig heitere Elisabeth. Mit welcher vollendeten Geschicklichkeit, Kunst und Klugheit mußte sie zu Werke gehen um, während zwei solche Nebenbuhlerinnen über ihr herrschten, ihren Platz zu behaupten!

Und Elisabeth behauptete nicht blos ihren Platz, sondern diese beiden Frauen waren ihr wirklich gewogen.

In der That, Elisabeth Prior, meine Bewunderung und meine Achtung vor Dir wachsen mit jeder Stunde, während welcher ich Deinen Charakter betrachte. Wie kommt es, daß Du in der Nähe dieser Löwinnen lebst, und doch nicht in Stücke zerrissen wirst? Welche süße Bissen der Schmeichelei wirfst Du ihnen hin, um sie zu beschwichtigen?

Allerdings glaube ich nicht, daß Elisabeth die beiden ihr anvertrauten Kinder gut erzieht, denn ich habe selten widerwärtigere kleine Leute kennen gelernt. Aber ist die Schuld die ihrige oder ist es Schicksalstücke? Wie kann, während diese beiden Großmütter die Kinder abwechselnd verziehen, die Gouvernante besser thun, als sie thut? Wie hat sie es angefangen, die angeborene Eifersucht dieser beiden Weiber in den Schlaf zu lullen? ..

Ich will dieses verwickelte Problem lösen, ehe noch viele Tage vergangen sind.

Uebrigens gewahre ich ja auch noch andere Geheimnisse. Die arme Mary verzehrt sich in Liebe zu dem Kellermeister. Warum drückt dieser Kellermeister gegen die Unredlichkeiten der raubsüchtigen Mistreß Prior so unverbrüchlich ein Auge zu?

Ha, hierin liegt wiederum ein Geheimniß, und ich schwöre, daß ich es bald ergründen will.

Mit diesen Worten werfe ich das Ende des duftigen Genossen meiner Einsamkeit weg, und trete durch das offene französische Fenster in mein Zimmer, gerade als Bedford zur Thür hereinkommt.

Ich hatte die Stimme dieses würdigen Mannes, als ich auf dem Rasenplatz herumwandelte, eine ernste Melodie aus seinem Speisekammerfenster summen hören. Wenn die Familie nämlich zur Ruhe ist, so bringt Bedford noch ein paar Stunden mit stillen Studien in seiner Speisekammer zu, blättert in seinen Büchern und neuen Zeitungen herum, und bildet seine Meinung über Literatur und Politik. Ich habe sogar Grund zu glauben, daß die Briefe in dem „Putney-Herold und Mortlake-Moniteur" mit der Unterschrift: „Eine Stimme aus dem Erdgeschoß" aus Mr. Bedford's Feder stammen.

„Ich wollte nachsehen, ob Alles ordentlich zu wäre, Sir," sagt Mr. Dick. „Es ist am besten, wenn man die Fenster nicht offen läßt, auch wenn man im Zimmer selbst schläft. Man kann sich erkälten, und draußen schleicht viel schlechtes Gesindel

herum. Denken Sie an den Mord, welcher in Brom-
ley verübt ward! — Solche Kerle steigen zum Fenster herein, schneiden Einem die Kehle ab, ehe man
um Hülfe rufen kann, und das giebt Stoff zu einem
sehr hübschen Artikel für die Zeitungen des nächsten
Tages!"

„Ihr habt eine sehr schöne Stimme, Bedford,"
sage ich; „ich hörte Euch so eben trällern — Ihr
singt einen famosen Baß, auf mein Wort."

„Ich war von jeher ein großer Musikfreund —
ich singe, wenn ich mein Tafelgeschirr putze —
ich lernte es in Beak Street. Sie unterrichtete
mich."

Und er zeigt nach der Decke empor.

„Was für ein kleines Kerlchen waret Ihr damals, als Ihr mir die Correcturbogen zum Museum
brachtet!" bemerke ich.

„Auch jetzt bin ich noch kein großer, Sir; es
sind aber nicht die großen Leute, welche die beste Ar-
beit verrichten," bemerkte der Kellermeister.

„Ich entsinne mich, daß Miß Prior sagte, Ihr
wäret gerade so alt, wie sie."

„Hm, und dennoch bin ich kaum so groß geworden, als sie.“

„Also Miß Prior lehrte Euch singen?“ sage
ich, indem ich ihm voll in's Antlitz schaue.

Er schlug die Augen nieder — er konnte meinen forschenden Blick nicht ertragen. Nun wußte
ich die ganze Geschichte.

„Als Mistreß Lovel in Neapel starb, brachte
Miß Prior die Kinder nach Hause, und Ihr vertra-
tet bei der ganzen Gesellschaft die Stelle eines Cou-
riers, nicht wahr?“

„Ja, Sir,“ sagt Bedford, „wir hatten den Wagen, und die arme Mistreß Lovel ward natürlich zur
See nach Hause geschafft, und ich brachte die Kinder
nach Hause und die übrige Familie. Ich konnte zu
den italienischen Postillonen „avanti! avanti!“ sagen,
und des chevaux verlangen, als wir über die Alpen
kamen.“

„Und Ihr brachtet in den Gasthöfen Alle in
ihren Zimmern unter, und wecktet sie des Morgens,
und hattet eine Kugelbüchse neben Euch im Wagen
liegen, um Räuber niederzuschießen.“

„Ja,“ sagt Bedford.

„Und war es eine angenehme Zeit?"

„Ja," sagt Bedfort seufzend und läßt traurig den Kopf hängen. „O ja, es war eine angenehme Zeit."

Er wendete sich ab; er stampfte mit dem Fuße, er murmelte eine Art Verwünschung, er that als ob er einige Bücher ansähe und mit einer Serviette ab=stäubte, die er unter dem Arm trug.

Ich durchschaute die Sache sofort.

„Armer Dick!" sage ich.

„Es ist die alte — alte Geschichte," sagt Dick. „Es ist gerade wie mit Ihnen und der jungen Irlän=derin, Sir. Ich bin blos ein Dienstbote, das weiß ich wohl, aber ich bin auch ein — ein — O ver=wünscht! verwünscht!"

Und er schlug sich mit der Faust vor die Stirn.

„Und dies ist der Grund, weßhalb Ihr der alten Mistreß Prior erlaubt, Wein und Zucker zu stehlen, nicht wahr?" frage ich.

„Woher wissen Sie das? — Sie entsinnen sich wohl noch, wie sie schon in Beak Street stiebißte?" fragt Bedford grimmig.

„Ich hörte Euer Gespräch mit ihr vor Tische," sage ich.

„Sie thäten am besten, wenn Sie zu Mr. Lovel gingen und es ihm erzählten, damit ich aus dem Hause gejagt würde. Das ist das Beste, was ge= schehen kann," ruft Bedford abermals grimmig und mit den Füßen stampfend.

„Es ist stets meine Gewohnheit, so viel Unheil anzurichten, als mir nur immer möglich ist, Dick Bedford," sage ich mit feiner Ironie.

Er ergreift meine Hand.

„Nein, Sie sind ein wackerer Mann — das weiß alle Welt. Ich bitte Sie um Verzeihung, Sir, aber sehen Sie, ich bin so — ach — ich fühle mich so elend, daß ich kaum weiß, ob ich auf dem Kopfe oder auf den Füßen gehe."

„Dann ist es Euch wohl nicht gelungen, ihr Herz zu rühren, mein armer Dick?" sagte ich.

Dick schüttelte den Kopf.

„Sie hat kein Herz," sagte er. „Wenn Sie je= mals eins gehabt hat, so hat es jener Mensch, der nach Indien ging, mitgenommen. Sie macht sich aus Niemandem Etwas. Sie hat mich eben so gern

wie jeden Andern. Ich glaube, sie erkennt meine
guten Seiten an — sie kann nicht anders — ganz
gewiß nicht. Sie weiß, daß ich ein besserer Mann
bin als die meisten Andern, die hierher kommen —
aber, aber leider ich bin ein Dienstbote. Wenn ich
wenigstens ein Apotheker wäre — z. B. wie jener
schmunzelnde Pavian, der so oft in seinem Einspän=
ner von Barnes hierher kommt und sie heirathen
will — dann würde sie mich nehmen. Sie hält ihn
hin und ermuthigt ihn — darin besitzt sie eine ziem=
liche Geschicklichkeit. Und der alte Narr bildet sich
ein, sie sei ihm gut. Doch bah! — Warum mache
ich mich selbst zum Narren? Ich bin ja weiter Nichts
als ein Dienstbote. Mary ist vollkommen gut genug
für mich — die würde mich sehr gern nehmen, da=
von bin ich überzeugt. Wenn ich mich aber auch
selbst zum Narren mache, so bin ich doch nicht der
Erste, der dies thut, und wahrscheinlich auch nicht
der Letzte. Gute Nacht, Sir; ich hoffe, daß Sie
gut schlafen werden.“

Und Dick begibt sich wieder in seine Speise=
kammer und überläßt sich seinem eigenen Kummer,
und ich denke bei mir selbst: „Das ist abermals

ein Schlachtopfer, welches sich unter den unbarmher-
zigen Pfeilen des allgemeinen Quälgeistes krümmt."

„Er ist ein sehr eigenthümlicher Mensch," bemerkte Miß Prior am andern Tage zu mir, als ich
zufällig auf der Haide von Putney neben ihr einher-
spazierte, während ihre jungen Pfleglinge sich mit
einander zankend eine Strecke weit vor uns hertrab-
ten. „Ich möchte wissen, wohin es eigentlich mit der
Welt noch kommen soll, lieber Mr. Batchelor, und
wie weit der Fortschritt der Intelligenz sich noch er-
strecken wird. Noch nie ist mir ein Mensch vorgekommen, der so frei, so ungezwungen und so kalt-
blütig gewesen wäre, wie dieser Bedford. Als wir
mit der armen Mistreß Lovel im Auslande waren,
schnappte er Italienisch und Französisch in einer
Weise auf, die mich förmlich in Erstaunen setzte.
Er nimmt sich jetzt oft Bücher aus der Bibliothek
mit herunter — die abstraktesten Werke — Werke,
die ich nicht einmal mir vornehmen könnte zu lesen.
Mr. Bonnington sagt, er habe ganz für sich allein
Geschichte studirt, und Lateinisch und Algebra und
was weiß ich sonst noch Alles gelernt. In Neapel
sprach er mit den Dienstleuten und Handwerkern
viel besser, als ich es konnte, das versichere ich Ihnen."

Und Elisabeth wirft den Kopf empor, als ob sie den Himmel fragen wollte, wie es zugehe, daß ein solcher Mensch ebensoviel Fähigkeiten besitze, als sie.

Sie schritt einher — schlank, stattlich, groß und gesund. Ihr fester netter Fuß schwebte schnell über das Gras dahin. Sie trug ihre blaue Brille, aber ich glaube, sie hätte auch ohne die Gläser in die Sonne schauen können, ohne zu zucken. Diese Sonne spielte mit ihren braunen wallenden Locken, und streuete Goldstaub darüber.

„Es ist merkwürdig," sage ich, sie im Stillen bewundernd, „was diese Leute sich für ein Air geben und andere über ihnen Stehende nachzuahmen suchen."

„Ja, es ist ganz außerordentlich," sagt Bessy.

Sie hatte keine Spur von Humor in ihrem ganzen Naturell! Ich glaube, Dick Bedford hatte Recht, und sie hatte kein Herz. Wohlan, dann hatte sie wenigstens eine famose Lunge, treffliche Gesundheit und guten Appetit, und damit lebt es sich auch nicht ganz schlecht.

„Sie kamen wohl mit der heiligen Cäcilia ziemlich gut aus, Bessy?" frage ich.

„Mit der heiligen Cäcilia — wer ist das?"

„Ich meine die verstorbene Mistreß Lovel."

„Ach, Mistreß Lovel — ja — Sie sind doch ein seltsamer Mensch. — Ich verstand nicht gleich, wen Sie meinten," sagt Elisabeth die Gerade.

„Aber ich sollte meinen, sie hätte gerade kein sehr liebenswürdiges Gemüth gehabt. Zankte sie sich nicht oft mit Fred?"

„Er zankte sich niemals."

„Ich glaube, ein kleiner Vogel hat mir erzählt, sie sei der Bewunderung unseres Geschlechts nicht abhold gewesen."

„Ich rede von meinen Freunden nichts Uebles, Mr. Batchelor," entgegnete Elisabeth die Kluge.

„Den beiden alten Damen in Shrublands gegenüber müssen Sie eine schwierige Stellung haben, nicht wahr?"

Bessy zuckt die Achseln.

„Ein wenig Manövriren ist in allen Familien nothwendig," sagt sie. „Die beiden Damen sind natürlich ein wenig eifersüchtig auf einander, im Ganzen genommen aber sind sie Beide nicht unfreundlich gegen mich, und ich habe nicht mehr zu ertragen, als

andere Frauen in meiner Stellung. In St. Bonifaz bei meinem Onkel und meiner Tante war auch
nicht Alles Vergnügen, Mr. Batchelor. Ich glaube,
alle Gouvernanten haben mit Schwierigkeiten zu
kämpfen, und ich muß die meinigen zu überwinden
suchen so gut ich kann, und dankbar sein für das
reichliche Salair, welches Ihre Güte mir verschafft
hat, und welches mich in den Stand setzt, meine
arme Mutter und meine Geschwister zu unterstützen."

„Wahrscheinlich geben Sie Ihrer Mutter Ihr
ganzes Geld, nicht wahr?"

„So ziemlich. Sie muß es haben. Sie hat
gar so viele Mäuler zu füttern."

„Und notre petit coeur, Bessy?" frage ich, indem ich ihr in das frische Antlitz schaue. „Haben
wir für den indischen Offizier einen Ersatzmann gefunden?"

Sie zuckt abermals die Achseln.

„Ich glaube, wir überwinden diese Thorheiten
endlich Alle, Mr. Batchelor. Ich entsinne mich, daß
es mit Jemandem anders in dieser Beziehung auch
sehr schlimm stand," und sie schielt Glorvina's Opfer
von der Seite an. „Meine Thorheit ist schon längst

todt und begraben. Ich muß für Mama und meine
Geschwister so angestrengt arbeiten, daß ich für solchen Unsinn keine Zeit habe."

In diesem Augenblick kam ein Herr in einem
netten Gig mit einem trabenden Pferde quer über
den Gemeindeanger auf uns zugerasselt, und mit
meiner tiefen Kenntniß der menschlichen Natur sah
ich sofort, daß der Diener, der neben dem Kutscher
saß, ein kleiner „Doctorjunge" und der Herr selbst
ein zierlicher, eleganter practicirender Arzt war.

Er stierte mich grimmig an, während er sich
gegen Miß Bessy verneigte. Ich sah Eifersucht und
Argwohn in seiner Miene.

„Ich bin Ihnen, lieber Mr. Drencher, für Ihre
Freundlichkeit gegen meine Mutter und unsere Kinder sehr verbunden," sagt Bessy. „Sie stehen doch
im Begriff, einen Besuch in Shrublands zu machen?
Lady Baker war heute morgen ein wenig unwohl.
Sie sagt, wenn sie Doctor Piper nicht haben könne,
so seien Sie ihr der liebste."

Und die Schlaue lächelt Mr. Drencher freundlich an.

„Ich habe jetzt erst das Gemeindehaus und dann

einen schweren Patienten in Roehampton zu besuchen, werde aber gegen zwei Uhr in Shrublands sein, Miß Prior," sagt der junge Arzt, welchen Bedford einen schmunzelnden Pavian genannt hatte. Er legt einen bedeutenden Nachdruck auf die zwei. Nur zu! Was zwei und zwei bedeutet, verstehe ich eben so gut, als ein Anderer, mein lieber Mr. Drencher. Er warf mir wüthende Blicke aus seinem Gig zu. Die Schlangen dieses elenden Aesculap ringelten sich von seinem Stabe los und nagten an seinem geschwollenen Herzen!

„Hat Mr. Drencher eine gute Praxis?" frage ich schlauer Schalk, der ich bin.

„Er ist sehr gut gegen meine Mutter und meine Geschwister. Mit diesen bringt ihm seine Praxis freilich nicht viel ein," sagt Bessy.

„Und Ihr Spaziergang ist wohl vor zwei Uhr beendet?" bemerkt der durchtriebene Schelm, welcher neben Miß Prior einherwandelt.

„Ich hoffe es. Es ist dies unsere Essenszeit, und ein solcher Spaziergang auf der Haide macht Einen sehr hungrig," entgegnet die Gouvernante.

„Bessy Prior," sagte ich, „ich bin fest überzeugt,

daß Sie eben so wenig eine Brille brauchen, als eine Katze in der Dämmerung."

Hierauf antwortete sie, ich sei ein sehr sonderbarer, seltsamer Mensch, und sie könne sich nicht denken, was ich meine.

Um zwei Uhr waren wir wieder in Shrublands. Natürlich durften wir die Kinder mit ihrer Mahlzeit nicht warten lassen, und Mr. Drencher kam natürlich fünf Minuten nach zwei mit seinem schaumbedeckten Pferde vorgefahren.

Ich, der ich die Geheimnisse des Hauses kannte, freute mich, die wüthenden Blicke zu sehen, welche Bedford von seinem Credenztische, oder als er dem Arzte seine Cotelettes vorsetzte, auf ihn abschoß. Drencher schielte wiederum mich an.

Ich für meine Person war ungezwungen, witzig, angenehm und, wie ich hoffe, ungemein boshaft und schadenfroh. Gegen Lady Baker paradirte ich mit meinen aristokratischen Freunden, und stellte ihre alten abgestandenen Geschichten von Georg dem Vierten in Dublin durch die letzten Neuigkeiten aus der feinen Gesellschaft, die ich in meinem Club erfahren, völlig in den Schatten.

Daß der junge Arzt geblendet und gedemüthigt werden möchte, war, wie ich gestehe, mein Wunsch, und ich weidete mich an seiner Wuth, als ich sah, wie ihm vor Eifersucht der Bissen im Munde quoll.

Aber warum war Lady Baker so mürrisch mit mir? Wie kam es, daß meine fashionabeln Geschichten auf diese feine alte Dame keine Wirkung äußerten? Gestern bei Tische war sie sehr gnädig gegen mich gewesen und hatte, indem sie den armen schlichten Bonningtons, die von der beau monde keinen Begriff hatten, den Rücken zukehrte, sich herabgelassen, mich mehrmals mit Worten anzureden, wie z. B.: „Ihnen, Mr. Batchelor, brauche ich nicht zu sagen, daß die Herzogin von Dorsetshire eine geborene De Bobus war;" oder: „Sie wissen, daß auf den Bällen des Lordlieutenants in Dublin die Frauen von Baronets der Etikette zufolge," 2c. 2c. 2c.

Woher, sage ich, kam es, daß Lady Baker, die am Sonntage so freundlich und vertraulich gegen mich gewesen, des Montags mir eine Schulter zukehrte, die so kalt war wie das Lammfleisch, welches ich mich erbot für die Familie zu tranchiren, und welches von der gestrigen Keule übrig geblieben war?

Ich hatte die Absicht gehabt, nur zwei Tage in Shrublands zu bleiben. Gewöhnlich empfinde ich auf Landhäusern sehr bald Langweile. Ich wollte am Montag früh wieder fort, Lovel aber nöthigte mich, als er und ich und die Kinder und Miß Prior mit einander frühstückten, ehe er in's Geschäft ging, so herzlich und aufrichtig, noch länger zu bleiben, daß ich endlich einwilligte.

Mir war es eigentlich ganz recht. Ich konnte mit Muße ein paar Scenen meines Trauerspiels be-enden, und überdies waren ja im Hause einige kleine Lustspiele im Gange, die mir nicht geringe Neugier einflößten.

Lady Baker sah also während des Imbisses mich mit unfreundlichen Blicken an. Sie sprach wiederholt leise und in mir unverständlichen Andeu-tungen mit Mr. Drencher. Sie ließ ihren Diener Bulkeley hereinkommen und schalt ihn derb aus. Sie verlangte zu wissen, ob sie die Chaise bekommen solle, oder nicht, und als ihr geantwortet ward, daß dieselbe ihr zu Diensten stände, sagte sie, es sei jetzt viel zu kalt für den offenen Wagen, und sie wolle den Brougham haben. Als ihr hierauf entgegnet

ward, daß Mr. und Mistreß Bonnington den Brougham bestellt hätten, sagte sie, sie begriffe nicht, wie
man anderer Leute Wagen nehmen könne, und als
Bedford ihr bemerklich machte, daß sie diesen Morgen
ja die Wahl gehabt und die Chaise gewählt habe,
sagte sie:

„Ich habe nicht mit Euch gesprochen, und Ihr
werdet mir einen großen Gefallen thun, wenn Ihr
künftig wartet, bis ich Euch anrede.“

Sie begann mit einem Worte so sehr den Teufel zu spielen, daß ich zu wünschen begann, das
Haus verlassen zu haben.

„Und, Miß Prior,“ fragte sie, „wo soll denn
mein Sohn Capitain Baker schlafen, da das Parterrezimmer jetzt besetzt ist?“

Miß Prior antwortete schüchtern:

„Capitain Baker könnte das rothe Zimmer bekommen.“

„Das Zimmer auf dem Treppenplatze vor dem
meinigen ohne Doppelthüren? Unmöglich. Clarence
raucht sehr stark, er würde das ganze Haus voll-
qualmen. Er soll nicht in dem rothen Zimmer
schlafen. Ich erwartete, das Parterrezimmer für

ihn zu haben, welches ein — welches dieser Herr hartnäckigerweise nicht räumt."

Und das liebe Wesen schauete mir geradezu und voll in's Gesicht.

„Dieser Herr raucht auch und befindet sich dort so behaglich, daß er die Absicht hat, auch dort zu bleiben," sage ich mit freundlichem Lächeln.

„Kiebitzeier, Sir?" sagt Bedford, indem er mir eine Schüssel über die Schulter herüberreicht. Dabei versetzte er mir zugleich einen sanften Stoß und flüsterte: „Sagen Sie es ihr — sagen Sie es ihr nur tüchtig!"

„Da drüben auf der Haide steht ein sehr gutes Gasthaus," fahre ich fort, indem ich eins der opal= farbenen Eier schäle, die ich so gern esse. „Wenn Capitain Baker durchaus rauchen muß, so kann er ja dort ein Zimmer nehmen."

„Sir, mein Sohn wohnt nicht in Gasthäusern!" ruft Lady Baker.

„Was, Großmutter? Er wohnte nicht in Gast= häusern? Logirte er nicht einmal im Hosenbande, und mußte Papa nicht dort für ihn die Rechnung bezahlen?"

„Schweig, Popham; kleine Knaben soll man wohl sehen, aber nicht hören," sagt Cissy. „Nicht wahr, Miß Prior, kleine Knaben soll man blos sehen, aber nicht hören?"

„Wenigstens sollen sie nicht ihre Großmütter beleidigen. O meine Cäcilie — meine Cäcilie!" ruft Lady Baker, indem sie die Hand emporhebt.

„Du sollst mich nicht schlagen! Hörst Du, Du sollst mich nicht schlagen!" brüllt Pop, indem er zurückprallt und Miene macht, sich gegen seine wüthende Großmama zur Wehre zu setzen.

Der Auftritt war im höchsten Grade peinlich. Bedford, der Schurke, wollte an seinem Credenztische vor unterdrücktem Lachen bersten. Bulkeley, Mylady's Diener, stand ruhig da wie das Fatum, der Laufbursche aber konnte sich nicht beherrschen und brach in lautes Gelächter aus, worüber Lady Baker ein Gesicht machte so finster drohend und unheimlich wie Lady Macbeth.

„Soll ich mich vielleicht von den Dienstleuten meiner Tochter beleidigen lassen?" ruft Lady Baker. „Ich verlasse das Haus diesen Augenblick."

„Zu welcher Stunde befehlen Sie die Chaise,

Mylady?" fragt Bedford mit unerschütterlichem Ernste. Hätte Mr. Drencher seine Lanzette zur Hand genommen und Lady Baker sofort zur Ader gelassen, so würde er ihr einen großen Dienst geleistet haben. Ich will den Vorhang fallen lassen über diese traurige, diese demüthigende Scene. Fall, kleiner Vorhang, über diesen abgeschmackten kleinen Act.

Ende des ersten Bandes.

Druck von C. Roeßler in Grimma.